寫盡女子對情愛與自由的追求，盧隱短篇小說集

自身的究竟，既不可得，茫茫前途，如何不生悲戚之感！

情愛、自我意志、革命熱忱、生活反思……

時代背景下，人性最直接且赤裸的展現

目錄

目錄

一個著作家

一個著作家

他住在河北迎賓旅館裡已經三年了，他是一個很和藹的少年人，也是一個思想宏富的著作家；他很孤淒，沒有父親母親和兄弟姊妹；獨自一個住在這二層樓上靠東邊三十五號那間小屋子裡；他桌上堆滿了紙和書；地板上也堆滿了算草的廢紙；他的床鋪上沒有很厚的褥和被，可是也堆滿了書和紙；這少年終日裡埋在書堆裡，書是他唯一的朋友；他覺得除書以外沒有更寶貴的東西了！書能幫助他的思想，能告訴他許多他不知道的知識；所以他無論對於哪一種事情，心裡都很能了解；並且他也是一個富於感情的少年，很喜歡聽人的讚美和頌揚；一雙黑漆漆的眼珠，時時轉動，好像表示他腦筋的活動一樣；他也是一個很雄偉美貌的少年，只是他一天不離開這個屋子沒有很好的運動，所以臉上漸漸退了紅色，泛上白色來，堅實的筋肉也慢慢鬆弛了；但是他的腦筋還是很活潑強旺，沒有絲毫微弱的表象；他鎮天坐在書案前面，拿了一枝筆，只管寫，有時停住了，可是筆還不曾放下，用手倚著頭部的左邊，用左肘倚在桌上支著頭在那裡想；兩隻眼對著窗戶外藍色的天不動，沉沉地想，他常常是這樣。有時一個黃頸紅冠的啄木鳥，從半天空忽的一聲飛在他窗前一棵樹上，張開翅膀射著那從一絲絲柳葉穿過的太陽，放著黃色閃爍的光；他的眼珠也轉動起來，丟了他微積分的思想，去注意啄木鳥的美麗和柳葉的碧綠；到了冬天，柳枝上都滿了白色的雪花，和一條條玻璃穗子，他也很注意去看；秋天的風吹了梧桐樹葉刷刷價響或烏鴉嘈雜的聲音，他或者也要推開窗戶望望，因為他的神經很敏銳，容易受刺激；遇到春天的黃鶯兒在他窗前桃花樹上叫喚的時候，他竟放下他永不輕易放下的筆，離開他親密的椅和桌，在屋子裡破紙堆上慢慢踱來踱去地想；有時候也走到窗前去呼吸。

今天他照舊起得很早，一個紅火球似的太陽，也漸漸從東向西邊來，天上一層薄薄的浮雲和空氣中的霧氣都慢慢散了；天上露出半邊粉紅的彩雲，襯著那寶藍色的天，煞是姣豔，可是這少年著作家，不很注意，約略動一動眼珠，又低下頭在一個本子上寫他所算出來的新微積分，他寫得很快，看他右手不住地動就可以知道了。

噹啷！噹啷！一陣鈴聲，旅館早點的鐘響了，他還不動，照舊很快地往下寫，一直寫，這是他的常態，茶房看慣了，也不來打擾他；他肚子忽一陣陣地響起來，心裡覺得空洞洞的；他很失意地放下筆，踱出他的屋子，走到旅館的飯堂，不說什麼，就坐在西邊犄角一張桌子旁，把饅頭夾著小菜，很快地吞下去，隨後茶役端進一碗小米粥來，他也是很快地嚥下去；急急回到那間屋裡，把門依舊鎖上，伸了一個懶腰，

一個著作家

照舊坐在那張椅上，伏著桌子繼續寫下去。他沒有什麼朋友，所以他一天很安靜地著作，沒有一個人來擾他，也沒有人和他通信；可以說他是世界上一個挺孤淒落寞的人；但是五年以前，他也曾有朋友，有戀愛的人；可是他的好運現在已經過去了！

一天下午河北某胡同口，有一個年紀約二十上下的女郎，身上穿戴很整齊的，玫瑰色的頰和點漆的眼珠，襯著清如秋水的眼白，露著聰明清麗的眼光，站在那裡很遲疑地張望；對著胡同口白字的藍色牌子望，一直望了好幾處，都露著失望的神色，末了走到頂南邊一條胡同，只聽她輕輕地唸道：「榮慶里……榮慶里……」隨手從提包裡，拿出一張紙唸道：「榮慶里迎賓館三十五號……」她唸到這裡，臉上的愁雲慘霧，一剎那都沒有了；露出她姣豔活潑的面龐，很快地往迎賓旅館那邊走；她走得太急了，臉上的汗一顆顆像珍珠似地流了下來；她也顧不得什麼，用手帕擦了又走；約十分鐘已經到一所樓房面前，她仰著頭，看了看匾額，很鄭重地看了又看；這才慢慢走進去，到了櫃房那裡，只見一個五十歲上下的老頭兒，在那裡打算盤，很認真地打，對她看了一眼，不說什麼，嘴裡唸著三五一十五，六七四十二，手裡撥著那算盤子，滴滴嗒嗒價響；她不敢驚動他，怔怔在那裡出神，後來從裡頭出來一個茶房，手裡拿著開水壺，左肩上搭了一條手巾，對著她問道：「姑娘！要住棧房嗎？」她很急地搖頭說：「不是！不是！我是來找人的。」茶房道：「妳找人啊，找哪一位呢？」她很遲疑地說：「你們這裡二層樓上東邊三十五號，不是住著一位邵浮塵先生嗎？」「哦！妳找邵浮塵邵先生啊？」茶房說完這句話，低下頭不再言語，心裡可在那裡奇怪，「邵先生他在這旅館裡住了三年，別說沒一個來看過他，就連一封信都沒有人寄給他，誰想到還有一位體面的女子來找他……」她看茶房不動也不說話，她不禁有些不自在，臉上起了一朵紅雲，煩悶的眼光表示出她心裡很急很苦的神情！她到底忍不住了！因問茶房道：「到底有沒有這個人啊，你怎麼不說話？」「是！是！有一位邵先生住在三十五號，從這裡向東去上了樓梯向右拐，那間屋子就是，可是姑娘妳貴姓啊？妳告訴我好給妳去通報。」她聽了這話很不耐煩道：「你不用問我姓什麼，你就和他說有人找他好啦！」「哦，那麼，妳先在這裡等一等我去說來。」茶房忙忙地上樓去了；她心裡很亂，一陣陣地亂跳，她很憂愁悲傷！眼睛漸漸紅了，似乎要哭出來，茶房來了！「請跟我上來吧！」她很慢地挪動她巍顫顫的身體，跟著茶房一步步地往上走；她很費力，兩隻腿像有幾十斤重！

一個著作家

少年著作家，丟下他的筆，把地板上的紙拾了起來，把窗戶開得很大，對著窗戶用力地呼吸，他的心跳得很厲害！兩隻手互相用力地摩擦，從屋子這頭走到那頭，來往不住地走；很急很重的腳步聲，震得地板很響，樓下都聽見了！「邵先生，客來了！」茶房說完忙忙出去了。他聽了這話不說什麼，不知不覺拔去門上的鎖匙，呀！一聲門開了，少年著作家和她怔住了！大家的臉色都由紅變成白，更由白變成青的了！她的身體不住地抖，一包眼淚，從眼眶裡一滴一滴往外湧；她和他對怔了好久好久，他才嘆了一口氣，輕輕地說道：「沁芬！妳為什麼來？」他的聲音很低弱，並且夾著哭聲！她這時候稍微清楚了，趕緊走進屋子關上門，她倚在門上很失望地低下頭，用手帕蒙著臉哭！很傷心地哭！他這時候的心，幾乎碎了！想起五年前她在中西女塾念書的一天下午，正是春光明媚的時候，她在河北公園一塊石頭上坐著看書，他和她那天就認識了，從那天以後，這園子的花和草，就是那已經乾枯一半的柳枝，和枝上的鳥，都添了生氣，草地上時常有她和他的足跡；長方的鐵椅上，當下午四五點鐘的時候，有兩個很活潑的青年，坐在那裡輕輕地談笑；來往的遊人，往往站住了腳，對她和他注目，河裡的魚，也對著她和他很活潑地跳舞！哼！金錢真是萬惡的魔鬼，竟奪去她和他的生機和幸福！他想到這裡，臉上顏色又紅起來，頭上的筋也一根根暴了起來，對著她很絕決道地：「沁芬！我想妳不應該到這裡來！……我們見面是最不幸的事情！但是……」她這時候止住了哭，很悲痛地說道：「浮塵！我想你總應該原諒我！……我很知道我們相見是不幸的事情！但是你果然不願意見我嗎？」她的氣色益發青白的難看，兩隻眼直了，怔怔地對著他望，久久地望著；他也不說什麼，照樣地怔了半天，末後由他絕望懊惱的眼光裡掉下眼淚來了！很沉痛地說道：「沁芬！我想羅他的運氣很好，他可以常常愛妳，做妳生命的寄託！……無論怎麼樣窮人總沒有幸福！無論什麼幸福窮人都是沒份的！」她的心實在要裂了！因為她沒能力可以使浮塵得到幸福！她現在已經作了羅的妻子了！羅確是很富足，一個月有五百元的進項，他的屋子裡有很好的西洋式桌椅，極值錢的字畫，和很溫軟的綢緞被褥，鋼絲的大床；也有許多僕人使喚，她的馬車很時新的並且有強壯的高馬，她出門坐著很方便；但是她常常地憂愁，鎖緊了她的眉峰，獨自坐在很靜寞的屋裡，數那壁上時計搖擺的次數；她有一個黃金的小盒子，當羅出去的時候，她常常開了盒子對著那張相片，和愛情充滿的信和詩，有時微微露出笑容、有時很失望地嘆氣和落淚！但是她為了什麼？誰也不知道！就是這少年著作家也不知道！她現在不能說什麼，因為她的心已經碎了！哇的一聲，一口鮮紅的血從她口裡噴了出來；身體搖盪站不住了！他急了顧不得什麼，走過去扶助她，她實在支持不住了！也顧不得什麼，她的頭竟倒在他的懷裡，昏過去了！他又急又痛，但是他不能叫茶房進來幫助他，只得用力把她慢慢扶到自己的床鋪上，用開水撬開牙關，灌了進去；半天她才呀的一聲哭了！他不能說什麼，也嗚咽地哭了！這時候太陽已經下了山，他知道不能再耽誤了！趕緊叫茶房叫了一輛馬車送她回去。

她回去不久就病了，玫瑰色的頰和唇，都變了青白色，漆黑頭髮散開了，披在肩上和額上，很憔悴地睡在床上。羅急得請醫生買藥，找看護婦，但是她的血還是不住地吐！這天晚上她張開眼往屋子裡望了望，靜悄悄地沒一個人，她自己用力地爬起來，拿了一張紙和一枝筆，已經累得出了許多汗，她又倒在床上了！歇了一歇又用力轉過身子，伏在床上，用沒力氣的手在紙上顫巍巍地寫道：「我不幸！生命和愛情，被金錢強買去！但是我的形體是沒法子賣了！我的靈魂仍舊完完全全交還你！一個金盒子也送給你作一個紀念！你……」她寫到這裡，一口鮮血噴了出來，滿紙滿床，都是腥紅的血點！她忍不住眼淚落下來了！看護婦進來見了這種情形，也很傷心，對她怔怔地望著；她對著看護婦點點頭，意思叫她到面前來，看護婦走過來了。她用手指著才寫的那信說道：「信！折……起……」她又喘起來不能說了！看護婦不明白，她又用力地說道：「折起來……放在盒子裡……」「啊呀！」她又吐了！看護婦忙著灌進藥水去！她果然很安靜地睡了。看護婦把信放好，看見盒子蓋上寫著「送邵浮塵先生收」，看護婦心裡忽地生出一種疑問，她為什麼要寫信給邵浮塵？「啊呀？好熱！」她臉上果然燒得通紅；後來她竟坐起來了！看護婦知道這是迴光返照；她已是沒有多少時候的命了！因趕緊把羅叫起來。羅很驚惶地走了進來，看她坐在那裡，通紅的臉和乾枯的眼睛，又是急又是傷心！羅走到床前，她很懇切地說道：「我很對不住你！但是實在是我父母對不起你！」她說著哭了！羅的喉嚨，也哽住了，不能回答，後來她就指著那個盒子對羅說道：「這個盒子你能應許我替他送去嗎？」羅看了邵浮塵三個字，一陣心痛，像是刀子戳了似的，咬緊了嘴唇，血差不多要出來了！末後對她說道：「你放心！咳！沁芬我實在害了妳！」她一陣心痛，靈魂就此慢慢出了軀殼，飄飄蕩蕩到地虛幻境去了！只有羅的哭聲和街上的木魚聲，一斷一續地在那裡伴著失了知覺的沁芬在枯寂淒涼的夜裡！

一個著作家

在法租界裡，有一個醫院，一天早晨來了一個少年——他是個狂人，——披散著一頭亂蓬蓬的頭髮，赤著腳，兩隻眼睛都紅了，瞪得和銅鈴一般大，兩塊顴骨像山峰似地凸出來，顏色和蠟紙一般白，簡直和博物室裡所陳列的骷髏差不多。他住在第三層樓上，一間很大的屋子裡；這屋子除了一張床和一桌子藥水瓶以外，沒有別的東西。他睡下又爬起來，在滿屋子轉來轉去，嘴裡喃喃地說，後來他竟大聲叫起來了，「沁芬！妳為什麼愛他！……我的微積分明天出版了！妳歡喜吧？哼！誰說他是一個著作家？——只是一個罪人——我得了人的讚美和頌揚，沁芬的腸了要笑斷了！不！不！我不相信！啊呀！這腥紅的是什麼？血……血……她為什麼要出血？哼！這要比罌粟花好看得多呢！」他拿起藥瓶狠命往地下一摔，瓶子破了！藥水流了滿地；他直著喉嚨慘笑起來；最後他把衣服都解開，露出枯瘦的胸膛來，拿著破瓶子用力往心頭一刺；紅的血出來了，染紅了他的白色小褂和襪子，他大笑起來道：「沁芬！沁芬！我也有血給妳！」醫生和看護婦開了門進來，大家都失望對著這少年著作家邵浮塵只是搖頭，嘆息！他忽地跳了起來，又摔倒了，他不能動了。醫生和看護婦把他扶在床上，脈息已經很微弱了！第二天早晨六點鐘的時候，這個可憐的少年著作家，也離開這世界，去找他的沁芬去了！

一個著作家

靈魂可以賣嗎

靈魂可以賣嗎

荷姑她是我的鄰居張誠的女兒，她從十五歲上，就在城裡那所大棉紗工廠裡，作一個紡紗的女工，現在已經四年了。

當夏天熹微的晨光，籠罩著萬物的時候，那鏗鏘悠揚的工廠開門的鐘聲，常常喚醒這城裡居民的曉夢，告訴工人們做工的時間到了。那時我推開臨街的玻璃窗，向外張望，必定看見荷姑拿著一個小盒子，裡邊裝著幾塊燒餅，或是還有兩片滷肉，——這就是工廠裡的午飯，從這裡匆匆地走過，我常喜歡看著她，她也時常注視我，所以我們總算是一個相識的朋友呢！

初時我和她遇見的時候，只不過彼此對望著，僅在這兩雙視線裡，打個照會。後來日子長了，我們也更熟悉了，不像從前那種拘束冷淡了；每次遇見的時候，彼此都含著溫和地微笑，表示我們無限的情意。

今天我照常推開窗戶，向下看去，荷姑推開柴門，匆匆地向這邊來了，她來我的窗下，便停住了，滿臉露著很愁悶和懷疑的神氣，仰著頭，含著乞求的眼神顫巍巍道地：「你願意幫助我吧？」說完俯下頭去，靜等我的回答，我雖不知道她要我幫助她做什麼，但是我的確很願意盡我的力量幫助她，我更不忍看她那可憐的狀態，我竟顧不得思索，急忙地應道：「能夠！能夠！凡是妳所要我做的事，我都願意幫助妳！」

「呵！謝上帝！你肯幫助我了！」荷姑極誠懇地這麼說著，眼睛裡露出欣悅的光彩來，那兩頰溫和的笑痕，在我的靈魂裡，又增了一層更深的印象，甜美，神祕，使人永遠不易忘記呢！過了些時，她又對我說：「今天下午六點鐘的時候，我們再會吧！現在我還須到工廠裡去。」我也說道：「再會吧！」她便回轉身子，匆匆地向工廠的那條路上去了。

荷姑走了！連影子都看不見了！但是我還怔怔地俯在窗子上，回想她那種可憐的神情，不禁使我生出一種神祕微妙的情感，和激昂慷慨的壯氣；我覺得世界上可憐的人實在太多，但是像荷姑那種委屈沉痛的可憐，我還是第一次看見呢！她現在要求我幫助她，我的能力大約總有勝過她的，這是上帝給我為善的機會，實在是很難得而可貴的機會！我應當怎樣地利用呵！

我決定幫助她了！那末我所幫助她的，必要使她滿足，所以我現在應該預備了。她如果和我借錢，我一定盡我所有的幫助她；她若是有一種大需要，我直接不能給她，也要和母親商量把我下月應得的費用，一齊給她，一定使她滿足她所需要的。人們生活在世界上，缺乏金錢，實在是不幸的運命呢！但是能濟人之急，才是人類互助的精神，可貴的德行！我有絕大的自尊心，不願意做個自私自利的動物，我不住地這麼想，我豪俠的壯氣，也不住地增加，恨不得荷姑立刻就來，我不要她向我乞求，便把我所有的錢，好好地遞給她，使她可以少受些疑難和愁慮的苦！

我自從荷姑走後，我心裡沒有一刻寧帖，那一股勇於為善的壯氣，直使我的心容留不下，時時流露在我的行動裡，說話的聲音特別沉著，走路都不像平日了。今天的我彷彿是古時候的虬髯客和紅拂那一流的人。「氣概不可一世」。

今天的日子，過得特別慢，往日那太陽射在棉紗廠的煙筒尖上，是很容易的事情，可是今天，我至少總有十幾次，從這窗外看過去，日影總沒到那裡，現在還差一寸呢！

「呵！那煙筒的尖上，現在不是射著太陽，放出閃爍的光來嗎？荷姑就要來了！」我俯在窗子上，不禁喜歡得自言自語起來。

遠遠地一隊工人，從工廠裡絡繹著出來了；他們有的向南邊的大街上去；有的到東邊那廣場裡去，頃刻間便都散盡了。但是荷姑還不見出來，我急切地盼望著，又過了些時，那工廠的大鐵門，才又「呀」的一聲開了，荷姑忙忙地往我們這條胡同裡來，她臉上滿了汗珠，好似雨點般滴下來，兩頰紅得真像胭脂，頭筋一根根從皮膚裡隱隱地印出來，表示那工廠裡惡濁的空氣，和疲勞的壓迫。

她漸漸地走近了，我們的視線彼此接觸上了。她微微地笑著走到我的書房裡來，我等不得和她說什麼話，我便跑到我的臥室裡，把那早已預備好的一包錢，送到荷姑面前，很高興地向她說：「妳拿回去吧！若果還有需用，我更想法子幫助妳！」

荷姑起先似乎很不明白地向我凝視著，後來她忽嘆了一口氣，冷笑道：「世界上應該還有比錢更為需要的東西吧！」

我真不明白，也沒有想到，荷姑為什麼竟有這種出人意料的情形？但是我不能不後悔，我未曾料到她的需要，就造次把含侮辱人類的金錢，也可以說是萬惡的金錢給她，竟致刺激得她感傷，唉！這真是一種極大的羞恥！我的眼睛不敢抬起來了！羞和急的情緒，激成無數的淚水，從我深邃的心裡流出來！

我們彼此各自傷心寂靜著，好久好久，荷姑才拭乾她的眼淚和我說道：「我現在要告訴你一件小故事，或者可以說是我四年以來的歷史，這個就是我要求你幫助的。」我就點頭應許她，以下的話，便是她所告訴我的故事了。

「在四年前，我實在是一個天真活潑的小孩子，現在自然是不像了！但是那時候我在中學預科裡念書，無論誰不能想像我會有今天這種沉悶呢！」

荷姑說到這裡，不禁嘆息流下淚來，我看著她那種淒苦憔悴的神氣，怎能不陪著她落下許多同情淚呢？等了許久，荷姑才又繼續說：——

「日子過得極快，好似閃電一般，這個冰雪森嚴的冬天，早又回去了，那時我離中學預科畢業期，只有半年了，偏偏我的父親的舊病，因春天到了，便又發作起來，不能到店裡去做事，家境十分困難，我不能不丟棄這張將要到手的畢業文憑，回到家裡侍奉父親的病！當然我不能不灰心！但是這還算不得什麼，因為慈愛的父母和弟妹，可以給我許多安慰。不過沒有幾天，我的叔叔便託人替我薦到那所絕大的棉紗廠裡作女工，一個月也有十幾塊錢的進項。於是我便不能不離開我的父母弟妹，去做工了，幸虧這時我父親的病差不多快好了，我還不至於十分不放心。

走到工廠臨近的那條街上，早就聽見軋軋隆隆的聲音，這種聲音，實含著殘忍和使人厭憎的意思，足以給人一種極大不快的刺激，更有那烏黑的煤煙和汙膩的油氣，更加使人頭目昏脹！

我第一天進這工廠的門，看見四面黯淡的神氣，實在忍耐不住，但是這些新奇的境地，和龐大的機器，確能使我的思想輪子，不住地轉動，細察這些機器的裝置和應用，實在不能說沒有一點興趣呢！過了幾天，我被編入紡紗的那一隊裡。那個紡車的裝置和轉動，我開始學習，也很要用我的腦力，去領會和記憶，所以那時候，我仍不失為一個有活潑思想的人，常常從那油光的大銅片上，映出我兩頰微笑的窩痕。

那一年春天，很隨便地過去了！所有鮮紅的桃花托上，那時不是托著桃花，是托著嫩綠帶毛的小桃子，榆樹的殘花落了一地，那葉子卻長得非常茂盛，遮蔽著那灼人肌膚的太陽，竟是一個天然的涼篷。所有春天的燕子、杜鵑、黃鶯兒，也都躲到別處去了，這一切新鮮夏天的景緻，本來很容易給人們一種新刺激和新趣味。但是在那工廠裡的人，實在得不到這種機會呢！

我每天早晨，一定的時間到工廠裡去，沒有別的爽快的事情和希望，只是每次見你俯在窗子上，微笑著招呼，那便是我一天裡最快活的事情了！除了這件，便是那急徐高低永沒變更過一次的軋軋隆隆的機器聲，充滿了我的兩耳和心靈，和永遠用一定規矩去轉動那紡車，這便是我每天的工作了！我的工作實在使我厭煩，有時我看見別的工人打鐵，我便有一個極熱烈的願望，就是要想把那鐵錘放在我的手中，拿起來試打兩下，使那金黃色的火星，特別多些，似乎能使這沉黑的工廠，變光明些。

有一次我看著劉良站在那鐵爐旁邊，摸擦那把鐵錘子，火星四散，不覺看怔了，竟忘記使紡車轉動，忽聽見一種嚴厲的聲音道：『唉！』我嚇了一跳，抬頭只見管紡紗組的工頭板著鐵青的面孔，惡狠狠地向我道：『這個工作便是妳唯一的責任，除此以外，妳不應該更想什麼；因為工廠裡用錢雇你們來，不是叫妳運用思想，只是運用妳的手足，和機器一樣，謀得最大的利益，實在是你們的本分！』

唉！這些話我當時實在不能完全明白，不過我從那天起，我果然不敢更想什麼，漸漸成了習慣，除了謀利和得工資以外，也似乎不能更想什麼了！便是離開工廠以後，耳朵還是充滿著紡車軋軋的聲音，和機器隆隆的聲音；腦子裡也只有紡車怎樣動轉的影子，和努力紡紗的念頭，別的一切東西，我都覺得彷彿很隔膜的。

這樣過了三四年，我自己也覺得我實在是一副很好的機器，和那紡車似乎沒有很大的分別，因為我紡紗不過是手自然的活動，有秩序的旋轉，除此更沒有別的意義。至於我轉動的熟習，可以說是不能再增加了！

在那年秋天裡的一天——八月十號——是工廠開廠的紀念日，放了一天工。我心裡覺得十分煩悶，便約了和我同組的一個同伴，到城外去疏散，我們出了城，耳旁頓覺得清靜了！天空也是一望無涯的蒼碧，不著些微的雲霧，只有一陣陣的西風吹著那梧桐葉子，發出一種清脆的音樂來，和那激石潺潺的水聲，互相應和。我們來到河邊，寂靜地站在那裡，水裡映出兩個人影，驚散了無數的游魚，深深地躲向河底去了。

我們後來揀到一塊白潤的石頭上坐下了，悄悄地看著水裡的樹影，上下不住地搖盪，一個烏鴉斜刺裡飛過去了。無限幽深的美，充滿了我們此刻的靈魂裡，細微的思潮，好似游絲般不住地蕩漾，許多的往事，久已被工廠裡的機器聲壓沒了，現在彷彿大夢初醒，逐漸地浮上心頭。

忽一陣尖利的秋風，吹過那殘荷的清香來，五年前一個深刻的印象，從我靈魂深處，漸漸地湧現上來，好似電影片一般的明顯：在一個鄉野的地方，天上的涼雲，好似流水般急馳過去，斜陽射在那蜿蜒的荷花池上，照著荷葉上水珠，晶晶發亮，一個活潑的女學生，圍繞著那荷花池，唱著歌兒，這個快樂的旅行，實在是我一生最大的幸福呢！今天的荷花香，正是前五年的荷花香，但是現在的我，絕不是前五年的我了！

我想到我可親愛的學伴，更想到放在學校標本室的荷瓣和秋葵，我心裡的感動，我真不知道怎樣可以形容出來，使你真切地知道！」

荷姑說到這裡，喉嚨忽噤住了，眼眶裡滿含著痛淚，望著碧藍的天空，似乎求上帝幫助她，超拔她似的，其實這實在是她的妄想呵！我這時滿心疑雲乃越積越厚，忍不住地問荷姑道：「要我幫助的到底是什麼呢？」

荷姑被我一問才又往下說她的故事：

「那時我和我的同伴各自默默地沉思著，後來我的同伴忽和我說：『我想我自從進了工廠以後，我便不是我了！唉！我們的靈魂可以賣嗎？』呵！這是何等痛心的疑問！我只覺得一陣心酸，愁苦的情緒，亂了我的心，我一句話也回答不出來！停了半天只是自己問著自己道：『靈魂可以賣嗎？』除此我不能更說別的了！

我們為了這個痛心和疑問，都呆呆地瞪視那去而不返的流水，不發一言，忽然從蘆葦叢中，跑出四五個活潑的水鴨來，在水裡自如地游泳著，捕捉那肥美的水蟲充飢，水鴨的自由，便使我們生出一種嫉恨的思想——失了靈魂的工人，還不如水鴨呢！——而這一群惱人的水鴨，也似明白我們的失意，對著我們，作出傲慢得意的高吟，不住『呵，呵！』地叫著，這個我們真不能更忍受了！便急急地離開這境地，回到那塵煙充滿的城裡去。

第二天工廠照舊開工，我還是很早地到了工廠裡，坐在紡車的旁邊，用手不住搖轉著，而我目光和思想，卻注視在全廠的工人身上，見他們手足的轉動，永遠是從左向右，他們所站的地方，也永遠沒有改動分毫，他們工作的熟練，實在是自然極了！當早晨工廠動工鐘響的時候，工人便都像機器開了鎖，一直不止地工作，等到工廠停工鐘響了，他們也像機器上了鎖，不再轉動了！他們的面色，是黧黑裡隱著青黃，眼光都是木強的，便是做了一天的工作，所得的成績，他們也不見得有什麼愉快，只有那發工資的一天，大家臉上是露著悽慘的微笑！

我漸漸地明白了，我同伴的話實在是不錯，這工廠裡的工人，實在不止是單賣他們的勞力，他們沒有一些思想和出主意的機會，——靈魂應享的權利，他們不是賣了他們的靈魂嗎？

但是我永遠不敢相信，我的想頭是對的，因為靈魂的可貴，實在是無價之寶，這有限的工資便可以買去？或者工人便甘心賣出嗎？……『靈魂可以賣嗎？』這個絕大的難題，誰能用忠誠平正的心，給我們一個圓滿的回答呢？」

荷姑說完這段故事，只是低著頭，用手摸弄著她的衣襟，臉上露著十分沉痛的樣子，我心裡只覺得七上八下地亂跳，更不能說出半句話來，過了些時荷姑才又說道：「我所求你幫助我的，就是請你告訴我，靈魂可以賣嗎？」

我被她這一問，實在不敢回答，因為這世界上的事情不合理的太多呵！我實在自悔孟浪，為什麼不問明白，便應許幫助她呢？現在弄得欲罷不能！我急得眼淚溼透了衣襟，但還是一句話沒有，荷姑見我這種為難的情形，不禁嘆道：「金錢雖是可以幫助無告的窮人，但是失了靈魂的人的苦惱，實在更甚於沒有金錢的百倍呢！人們只知道用金錢賙濟人，而不肯代人贖回比金錢更要緊的靈魂！」

她現在不再說什麼了！我更不能說什麼了！只有懺悔和羞愧的情緒，激成一種小聲浪，責備我道：「幫助人呵！用你的勇氣回答她呵！靈魂可以賣嗎？」

戓人的悲哀

或人的悲哀

親愛的朋友KY：

我的病大約是沒有希望治好了！前天你走後，我獨自坐在窗前玫瑰花叢前面，那時太陽才下山，餘輝還燦爛地射著我的眼睛，我心臟的跳躍很厲害，我不敢多想什麼，只是注意那玫瑰花，妖豔的色彩，和清潤的香氣，這時風漸漸大了，於我的病體不能適宜，媛姊在門口招呼我進去呢。

我到了屋裡，仍舊坐在我天天坐著的那張軟布椅上，壁上的相片，一張張在我心幕上跳躍著，過去的一件一件事情，也湧到我潔白的心幕上來，唉！KY，已經過去的，是事情的形式，那深刻的，使人酸楚的味道，仍舊深深地印在我的腦海中，滲在我的血液裡，回憶著便不免要飲泣！

第一次，使我懺悔的事情，就是我們在紫藤花架下，那幾張石頭椅子上坐著，你和心印談人生究竟的問題，你那時很鄭重地說：「人生哪裡有究竟！一切的事情，都不過像演戲一般，誰不是塗著粉墨，戴著假面具上場呢？……」後來你又說：「梅生和昭仁他們一場定婚，又一場離婚的事情簡直更是告訴我們說：人事是作戲，就是神聖的愛情，也是靠不住的，起初大家十分愛戀地定婚，後來大家又十分憎惡地離起婚來。一切的事情，都是靠不住的。」心印聽了你的話，她便決絕地說：「我們遊戲人間吧！」我當時雖然沒有開口，給你們一種明白的表示，但是我心裡更決絕的，和心印一樣，要從此遊戲人間了！

從那天以後，我便完全改了我的態度；把從前冷靜考慮的心思，都收起來，只一味地放蕩著——好像沒有目的地的船，在海洋中飄泊，無論遇到怎麼大的難事，我總是任我那時情感的自然，喜怒笑罵都無忌憚了！

有一天晚上，我獨自坐在冷清清的書房裡，忽然張升送進一封信來，是叔和來的。他說：他現在很悶，要到我這裡談談，問我有工夫沒有？我那時毫不用考慮，就回了他一封說：「我正冷清得苦，你來很好！」不久叔和真來了，我們隨意的談話，竟消磨了四點多鐘的光陰；後來他走了，我心裡忽然一動，我想今天晚上的事情，恐怕有些太欠考慮吧？……但是已經過去了！況且我是遊戲人間呢！我轉念到這裡，也就安貼了。

誰知自從這一天以後，叔和便天天寫信給我，起初不過談些學術上的問題，我也不以為奇，有來必回，最後他忽然來了一封信說：「我對於妳實在是十三分的愛慕；

現在我和吟雪的婚事，已經取消了，希望妳不要使我失望！」

KY！別人不知道我的為人，你總該知道呵！我生平最恨見異思遷的人，況且吟雪和我也有一面之緣，總算是朋友，誰能做此種不可思議的事呢！當時我就寫了一封信，痛痛地拒絕他了。但是他仍然糾纏不清，常常以自殺來威脅我，使我脆弱的心靈受了非常的打擊！每天裡，寸腸九回，既恨人生多罪惡！又悔自家太孟浪！唉！KY！我失眠的病，就因此而起了！現在更蔓延到心臟了！昨天醫生用聽筒聽了聽，他說很要小心，節慮少思，或者可望好，唉！KY！這種種色色的事情，怎能使我不思呢？

明天我打算搬到婦嬰醫院去，以後來信，就寄到那邊第二層樓十五號房間；寫得乏了！再談吧！

你的朋友亞俠六月十日

親愛的KY：

我報告你一件很好的消息，我的心臟病，已漸漸好了！失眠也比從前減輕，從前每一天夜裡，至多只睡到三四個鐘頭，就不能再睡了。現在居然能睡到六個鐘頭，我自己真覺得歡喜，想你一定要為我額手稱賀！是不是？

我還告訴你一件事：這醫院裡，有一個看護婦劉女士，是一個最篤信宗教的人，她每天從下午兩點鐘以後，便來看護我，她為人十分和藹，她常常勸我信教。我起初很不以為然，我想宗教的信仰，可以遮蔽真理的發現；不過現在我卻有些相信了！因為我似乎知道真理是尋不到，不如暫且將此心寄託於宗教，或者在生的歲月裡不至於過分的苦痛！

昨天夜裡，月色十分清明，我把屋裡的電燈擰滅了；看那皎潔的月光，慢慢透進我屋裡來。劉女士穿了一身白衣服，跪在床前低聲地禱祝，一種懇切的聲音，直透過我的耳膜，深深地侵進我的心田裡，我此時忽感一種不可思議的刺激，我覺得月光帶進神祕的色彩來，罩住了世界上的一切，我這時雖不敢確定宇宙間有神，然而我卻相信，在眼睛能看見的世界以外，一定還有一個看不見的世界了。

我這一夜，幾乎沒閉眼，怔怔想了一夜，第二天我的病症又添了！不過我這時徬徨的心神好像有了歸著，下午睡了一覺，現在已經覺得十分痊癒了！馬大夫也很奇怪我好得這麼快，他說：若以此種比例推下去，——沒有變動再有三四天，便可出院了。

今天心印來看我一次，她近來顏色很不好！不知道有什麼病，你有工夫可以去看看她，大約她現在徬徨歧路，必定很苦！

你昨天叫人送來的一束蘭花，今天還很有生氣，這時它正映著含笑的朝陽，更顯得精神百倍，我希望你前途的幸福也和這花一樣燦爛。再談，祝你健康！

亞俠七月六日

KY吾友：

我現在真要預備到日本去找我的哥哥，因為我自從病後便不耐幽居，聽說蓬萊的風景佳絕，我去散散心，大約病更可以除根了。

我希望你明天能來，因為我打算後天早車到天津乘長沙九東渡，在這裡的朋友，除了你和心印以外，還有文生，明天我們四個人，在我家裡暢敘一下吧！我這一走，大約總要半年才能回來呢！

你明天來的時候，請你把昨天我叫人送給你看的那封心印的信帶了來，她那邊有一個問題，——「名利的代價是什麼？」我當時心裡很煩，沒有詳細地回答她，打算明天見面時，我們四個人討論一個結果出來，不過這個問題，又是和「人生究竟」的問題差不多，恐怕結果，又是悲的多，樂的少，唉！何苦呵！我們這些人總是不能安於現在，求究竟，——這於人類的思想，固然有進步，但是精神消磨得未免太多了！……但望明天的討論可以得到意外的完滿就好了！

我現在屋子裡亂得不成樣子，箱子裡的東西亂七八糟堆了一床，我理得實在心煩，所以跑到外書房裡來，給你們寫信，使我的眼睛不看見，心就不煩了！說到這裡，我又想起一件事了。

KY！你記得前些日子，我們看見一個盲詩人的作品，他說：「中午的太陽，把世界和世界的一切驚異指示給人們，但是夜，卻把宇宙無數的星，無際限的空間，——全生活，廣大和驚異指示給人們。白晝指示給人們的，不過是人的世界，黑暗和汙穢。夜卻能把無限的宇宙指示給人們，那裡有美麗的女神，唱著甜美的歌，溫美的雲織成潔白的地氈，星兒和月兒，圍隨著低低地唱，輕輕的舞。」這些美麗的東西，豈是我們眼睛所領略得到的呢？KY，我寧願作一個瞎子呢！倘若我真是個瞎子，那些可厭的雜亂的東西，再不會到我心幕上來了。但是不幸！我實在不是個瞎子，我免不了要看世界上種種的罪惡的痕跡了！

任筆寫來，不知說些什麼，好了！別的話留著明天面談的！

亞俠九月二日

或人的悲哀

KY呵！

絲絲的細雨敲著窗子，密密的黑雲罩著天空，潮湃的波濤震動著船身；海天遼闊，四顧蒼茫，我已經在海裡過了一夜，這時正是開船的第二天早晨。前夜，那所灰色牆的精緻小房子裡的四個人，握著手談著天何等的快樂？現在我是離你們，一秒比一秒遠了！唉！為什麼別離竟這樣苦呵！

我記得：分別的那一天晚上，心印指著那迢迢的碧水說：「人生和水一樣的流動，歲月和水一樣的飛逝；水流過去了，不能再回來！歲月跑過去了，也不能再回來！希望亞俠不要和碧水時光一樣。早去早回阿。」KY，這話真使我感動，我禁不住哭了！

你們送我上船，聽見汽笛嗚咽悲鳴著，你們便不忍再看我，忍著淚，急急轉過頭走去了，我呢？怔立在甲板上，不住地對你們望，你們以為我看不見你們了，用手帕拭淚，偷眼往我這邊看，咳！KY，這不過是小別，便這樣難堪！以後的事情，可以設想嗎？

「名利的代價是什麼？」心印的答案：是「愁苦勞碌。」你卻說：「是人生生命的波動；若果沒有這個波動，世界將呈一種不可思議的枯寂！」你們的話在我心裡，起伏不定的浪頭，在我眼底；我是浮沉在這波動之上，我一生所得的代價只是愁苦勞碌。唉！KY！我心徬徨得很呵！往哪條路上去呢？……我還是遊戲人間吧！

今天沒有什麼風浪，船很平穩，下午雨漸漸住了，露出流丹般的彩霞，罩著炊煙般的軟霧；前面孤島隱約，彷彿一隻水鴉伏在那裡。海水是深碧的，浪花湧起，好像田田荷叢中窺人的睡蓮。我坐在甲板上一張舊了的籐椅裡，看海潮浩浩蕩蕩，翻騰奔掀，心裡充滿了驚懼的茫然無主的情緒，人生的真相，大約就是如此了。

再有三天，就可到神戶；一星期後可到東京，到東京住什麼地方，現在還沒有定，不過你們的信，可寄到早稻田大學我哥哥那裡好了。

我的失眠症和心臟病，昨日夜裡又有些發作，大約是因為勞碌太過的緣故，今夜風平浪靜，當得一好睡！

現在已經黃昏了。海上的黃昏又是一番景象，海水被紅日映成紫色，波浪被餘輝射成銀花，光華燦爛，你若是到了這裡，大約又要喜歡得手舞足蹈了！晚飯的鈴響了，我吃飯去。再談！

亞俠九月五日

或人的悲哀

KY 吾友：

我到東京，不覺已經五天了。此地的人情風俗和祖國相差太遠了！他們的飲食，多喜生冷；他們起居，都在蓆子上，和我們祖國從前席地而坐的習慣一樣，這是進化呢，還是退化？最可厭的是無論到什麼地方，都要脫了鞋子走路；這樣赤足的生活，真是不慣！滿街都是吱吱咖咖木屐的聲音，震得我頭疼，我現在厭煩東京的紛紛擾擾，和北京一樣！浮光底下，所蓋的形形色色，也和北京一樣！莫非凡是都會的地方都是罪惡薈萃之所嗎？真是煩煞人！

昨天下午我到東洋婦女和平會去，——正是她們開常會的時候，我因一個朋友的介紹，得與此會。我未到會以前，我理想中的會員們，精神的結晶，是純潔的，是熱誠的。及至到會以後，所看見的婦女，是滿面脂粉氣，貴族式的夫人小姐；她們所說的和平，是片面的，就和那冒牌的共產主義者，只許我共他人之產不許人共我的產一樣。KY！這大約是：人世間必不可免的現象吧？

昨天回來以後，總念念不忘日間赴會的事，夜裡不得睡，失眠的病又引起了！今天心臟覺得又在急速地跳，不過我所帶來的藥還有許多，吃了一些，或者不至於再患。

今天吃完飯後，我跟著我哥哥，去見一位社會主義者，他住的地方離東京很遠，要走一點半鐘。我們一點鐘從東京出發，兩點半到那裡。那地方很幽靜，四圍種著碧綠的樹木和菜蔬，他的屋子就在這萬綠叢中。我們剛到了他那門口，從他房子對面，那個小小草棚底下，走出兩個警察來，盤問我們住址、籍貫、姓名，與這個社會主義者的關係。我當時見了這種情形，心裡實感一種非常的苦痛，我想，這些鞏固各人階級和權利的自私之蟲，不知他們造了多少罪孽呢？KY呵，那時我的心血沸騰了！若果有手槍在手，我一定要把那幾個借強權干涉我神聖自由的惡賊的胸口，打穿了呢！

麻煩了半天，我們才得進去，見著那位社會主義者。他的面貌很和善，但是眼神卻十分沉著。我見了他，我的心彷彿熱起來了！從前對於世界所抱的悲觀，而釀成的消極，不覺得變了！這時的亞俠，只想用彈藥炸死那些妨礙人們到光明路上去的障礙物，KY！這種的狂熱回來後想想，不覺失笑！

今天我們談的話很多，不過卻不能算是暢快；因為我們坐的那間屋子的窗下，有兩個警察在那裡臨察著。直到我們要走的時候，那位社會主義者才說了一句比較暢快的話，他說：「為主義犧牲生命，是最樂的事，與其被人的索子纏死，不如用自己的槍對準喉嚨打死！」KY！這話的味道，何其雋永呵！

晚上我哥哥的朋友孫成來談，這個人很有趣，客中得有幾個解悶的，很不錯！

寫得不少了，再說吧。

亞俠九月二十日

KY呵！

我現在不幸又病了！仍舊失眠，心臟跳動，和在京時候的程度差不多。前三天搬進松井醫院。作客的人病了，除了哥哥的慰問外，還有誰來看視呢！況且我的病又是失眠，夜裡睡不著，兩隻眼看見的，是桌子上的許多藥瓶，藥末的紙包，和那似睡非睡的電燈，燈上罩著深綠的罩子，——醫生恐光線太強，於病體不適的緣故。——四圍的空氣，十分消沉、黯淡。耳朵所聽見的，是那些病人無力的吟呻；淒切的呼喚，有時還夾著隱隱的哭聲！

KY！我彷彿已經明白死是什麼了！我回想在北京婦嬰醫院的時候看護婦劉女士告訴我的話了，她說：「生的時候，做了好事，死後便可以到上帝的面前，那裡是永久的樂園，沒有一個人臉上有愁容，也沒有一個人掉眼淚！」KY！我並不是信宗教的人，但是我在精神徬徨無著處的時候，我不能不尋出信仰的對象來；所以我健全的時候，我只在人間尋道路；我病痛的時候，便要在人間之外的世界，尋新境界了。

這幾天，我一閉眼，便有一個美麗的花園——意象所造成的花園，立在我面前，比較人間無論哪一處都美滿得多。我現在只求死，好像死比生要樂得多呢！

人間實在是虛偽得可怕！孫成和繼梓——也是在東京認識的，我哥哥的同學；他們兩個為了我這個不相干的人，互相猜忌，互相傾軋。有一次，恰巧他們兩人，不約而同時都到醫院來看我，兩個人見面之後，那種嫉妒仇視的樣子，竟使我失驚！KY！我這時才恍然明白了！人類的利己心，是非常可怕的！並且他們要是歡喜什麼東西，便要據那件東西為己有！

唉！我和他們兩個只是淺薄的友誼，哪裡想到他們的貪心，如此厲害！竟要做成套子，把我束住呢？KY！我的志向你是知道的，我的人生觀你是明白的，我對於我的生，是非常厭惡的！我對於世界，也是非常輕視的，不過我既生了，就不能不設法不虛此生！我對於人類，抽象的概念，是覺得可愛的，但對於每一個人，我終覺得是可厭的！他們天天送鮮花來，送糖果來，我因為人與人必有交際，對於他們的友誼，我不能不感謝他們！但是照現在看起來，他們對於我，不能說不是另有作用呵！

KY！你記得，前年夏天，我們在萬牲園的那個池子旁邊釣魚，買了一塊肉，那時你曾對我說：「亞俠！做人也和做魚一樣，人對付人，也和對付魚一樣！我們要釣魚，拿牠甘心，我們不能不先用肉，去引誘牠，牠要想吃肉，就不免要為我們所甘心了！」這話我現在想起來，實在佩服你的見識，我現在是被鉤的魚，他們是要搶著釣我的漁夫，KY！人與人交際不過如此呵！

心印昨天有信來，說她現在十分苦悶，知與情常常起劇烈的戰爭！知戰勝了，便要沉於不得究竟的苦海，永劫難回！情戰勝了，便要沉淪於情的苦海，也是永劫不回！她現在大有自殺的傾向。她這封信，使我感觸很深！KY！我們四個人，除了文生尚有些勇氣奮鬥外，心印你我三個人，困頓得真苦呵！

我病中的思想分外多，我想了便要寫出來給你看，好像二十年來，茹苦含辛的生活，都可以在我給你的信裡尋出來。

KY！奇怪得很！我自從六月間病後，我便覺得我這病是不能好的，所以我有一次和你說，希望你，把我從病時，給你的信，要特別留意保存起來。……但是死不死，現在我自己還不知道，隨意說說，你不要因此悲傷吧！有工夫多來信，再談。祝你快樂！

亞俠十一月三日

KY：

讀你昨天的來信，實在叫我不忍！你為了我前些日子的那封信，竟悲傷了幾天！KY！我實在感激你！但是你也太想不開了！這世界不過是個寄旅，不只我要回去，

或人的悲哀

便是你，心印，文生，——無論誰，遲早都是要回去的呵！我現在若果死了，不過太早一點。所以你對於我的話，十分痛心！那你何妨，想我現在是已經百歲的人，我便是死了，也是不可逃數的，那也就沒什麼可傷心了！

這地方實在不能久住了！這裡的人，和我的膈膜更深，他們站在橋那邊；我站在橋這邊，要想握手是很難的，我現在決定回國了！

昨天醫生來說：我的病很危險！若果不能摒除思慮，恐怕沒有好的希望！我自己也這樣想，所以我不能不即作歸計了！我的姑媽，在杭州住，我打算到她家去，或者能借天然的美景，療治我的沉疴，我們見面，大約又要遲些日子了。

昨夜我因不能睡，醫生不許我看書，我更加思前想後地睡不著，後來我把我的日記本，拿來偷讀，當時我的感觸，和回憶的熱度，都非常厲害，我顧不得我的病了！我起來把筆作書，但是寫來寫去，都寫不上三四個字，便寫不下去了，因又放下筆，把日記本打開細讀，讀到三月十日我給心印的信上面，有幾首詩說：

我在世界上，
不過是浮在太空的行雲！

一陣風便把我吹散了，
還用得著思前想後嗎？
假若智慧之神不光顧我，
苦悶的眼淚
永遠不會從我心裡流出來呵！

這一首詩可以為我矛盾的心理寫照：我一方說不想什麼，一方卻不能不想什麼，我的眼淚便從此流不盡了！這種矛盾的心理，最近更厲害，一方面我希望病快好，一方面我又希望死，有時覺得死比什麼都甜美！病得厲害的時候，我又懼怕死神，果真來臨！KY呵，死活的謎，我始終猜不透！只有憑造物主的支配罷了！

我的行期，大約是三天以內，我在路上，或者還有信給你。

現在天氣漸漸冷了。長途跋涉，誠知不宜，我哥哥也曾阻止我，留我到了春天再走，但是KY！我心裡的祕密，誰能知道呢？我當初到日本去，是要想尋光明的花園，結果只多看了些人類褊狹心理的怪現狀！他們每逢談到東亞和平的話，他們便要眉飛色舞地說：這是他們唯一的責任，也是他們唯一的權利！歐美人民是不容染指的。他們不用鏡子，照他們魑魅的怪狀，但我不幸都看在眼裡，印在心頭，我怎能不思慮？我的病如何不添重？我不立刻走，怎麼過呢？

況且我的病，能好不能好，我自己毫無把握！我固然是厭惡人間，但是我活了二十餘年，我究竟是個人，不能沒有人類的感情，我還有母親，我還有兄嫂，他們和我相處很久；我要走了，也應該和他們辭別，我所以等不到春天，就要趕回來了！

我到杭州住一個禮拜，就到上海去，若果那時病好了，當到北京和你們一會。

我從五點鐘給你寫信，現在天已大亮了！醫生要來，我怕他責備我，就此擱筆吧！

亞俠十二月五日

親愛的KY：

我離東京的時候，接到你的一封信，當時忙於整理行裝，沒有復你，現在我到杭州了。我姑媽的屋子，正在湖邊，是一所很精緻的小樓，推開樓窗，全湖的景色，都收入腦海，我疲病之身，受此自然的美麗的沐浴，覺得振刷不少！

湖上天氣的變幻，非常奇異，我昨天到這裡，安頓好行李，便在這窗前的籐椅上坐下，我看見湖上的霧，很快——大約五分鐘的工夫，便密密冪起，四圍的山，都慢慢地模糊了。跟著漸漸瀝瀝的雨點往下灑，遊湖的小船，被雨打得船身左右震盪，但是不到半點鐘，雨住雲散，天空飛翔著鮮紅的彩霞，青山也都露出特別翠碧的色彩來。山澗裡的白雲隨風裊娜，真是如畫境般的湖山，我好像做了畫中的無愁童子，我的病似乎好了許多。

我姑媽家裡的表兄，名叫劍楚的，我們本是幼年的伴侶；但是隔了五六年不見，大家都覺得生疏了！這時他已經有一個小孩子，他的神氣，自然不像從前那樣活潑，不過我苦悶的時候，還是和他談談說說覺得好些！（十二月二十日寫到此）

KY！我寫這封信的一半，我的病又變了！所以直遲了五天，才能繼續著寫下去，唉！KY！你知道惡消息又傳來了！

我給你寫信的那天晚上，——我才寫了上半段，劍楚來找我，他說：「唯逸已於昨晚死了！」唉！KY！這是什麼消息？你回想一年前，我和你說唯逸的事情，你能不黯然嗎？唯逸他是極有志氣的青年，他熱心研究社會主義，他曾決心要為主義犧牲，但是他因為失了感情的慰藉，他竟抑抑病了，昨晚竟至於死了。

他有一封信給我，寫得十分淒楚，裡頭有一段說：「亞俠！自從前年夏天起，我便種了病的因，只因為認識了妳！……但是我的環境，是不容我起奢望的，這是知識告訴我，不可自困！然而我的精神，從此失了根據。我覺得人生真太乾枯！我本身失去生活的趣味，我何心去助增別人的生活趣味？為主義犧牲的心，抵不過我厭生的心，……但是我也不願意做非常的事，為了感情犧牲我前途的一切！且知妳素來潔身自好，我也絕不忍因愛妳故，而害妳，但是我終放不下妳！亞俠！現在病已深入了！我深藏心頭的祕密，才敢公諸妳的面前！妳若能為妳忠心的僕人，叫一聲可憐！我在九泉之靈也就榮幸不少了！……」唉！KY！遊戲人間的結果，只是如此呵！

我失眠兩天了！昨天還吐了幾口血，現在疲乏得很！不知道還能給你幾封信呵！

亞俠伏枕書十二月二十五日

KY親愛的朋友：

在這一星期裡，我接到你兩封信，心印和文生各一封信，但是我病了，不能回你們！

唉！KY！我想不到，我已經不能回上海了！也不能到北京了！昨天我姑媽打電報，給我的家裡，今天我母親、嫂嫂已經來了！她們見了我，只是掉眼淚，我的心也未嘗不酸！但是奇怪得很！我的淚泉，不知在什麼時候已經乾枯了！

自從上禮拜起，我就知道我的病，是不能好了！我便把我一生的事情，從頭回想一遍，拉雜寫了下來！現在我已經四肢無力，頭腦作痛，眼光四散，我不能寫了！唉！

「我一生的事情，平常得很！沒什麼可記，但是我精神上起的變化，卻十分劇烈：我幼年的時候，天真爛漫，不知痛苦。到了十六歲以後，我的智情都十分發達起來。我中學卒業以後，我要到西洋去留學，因為種種的關係，做不到；我要投身作革命黨，也被家庭阻止，這時我深嘗苦痛的滋味！

但是這些磨折，尚不足以苦我！最不幸的，是接二連三，把我陷入感情的漩渦，使我欲罷不能！這時一方，又被知識苦纏著，要探求人生的究竟，花費了不知多少心血，也求不到答案！這時的心，徬徨到極點了！不免想到世界既是找不出究竟來，人間又有什麼真的價值呢？努力奮鬥，又有什麼結果呢？並且人生除了死，沒有更比較大的事情，我既不怕死，還有什麼事不可做呢！……唉！這時的我，幾乎深陷墮落之海了！……幸一方面好強的心，很占勢力，當我要想放縱性慾的時候，它在我頭上，打了一棒，我不覺又驚醒了！不敢往這裡走，但是究竟往什麼地方去呢？我每天夜裡，睡在床上，殫精竭慮地苦事搜求，然而沒有結果！

我在極苦痛的時候，我便想自殺，然而我究竟沒有勇氣！我否認世界的一切；於是我便實行我遊戲人間的主義，第一次就失敗了！接二連三的，失敗了五六次！唯逸因我而死！叔和因我而病！我何嘗遊戲人間？只被人間遊戲了我！……自身的究竟，既不可得，茫茫前途，如何不生悲戚之感！

唉！天乎！不可治的失眠病，從此發生！心臟病，從此種根！顛頓了將及一年，現在將要收束了！

今夜他們都睡了。更深人靜，萬感從集！——雖沒死的勇氣，然而心頭如火煎逼！頭腦如刀劈、劍裂！我縱不欲死，病魔亦將纏我至於死呵！死神還不降臨我，實在等不得了！這時我努力爬下床來，抖戰的兩腿，使我自己驚異！這時窗子外面，射進一縷寒光來，湖面上銀花閃爍，我曉得那湖底下朱紅色的珊瑚床，已為我預備好了！雲母石的枕頭，碧綠青苔泥的被褥，件件都整理了……我回去吧！唉！親愛的母親！嫂嫂！KY……再見吧！」

我表姊，昨夜不知什麼時候，跳在湖心死了！她所寫的信，和她自己的最後的一頁日記，都放在枕邊。唉！湖水森寒，從此人天路隔！KY！姊呵！我表姊臨命的時候，瘦弱可憐的影子，永遠深深刻在我腦幕上。今天晚上，我走到她住的屋子裡去，但見雪白的被單上，濺著幾滴鮮紅的血跡，哪有我表姊的影子呢？我禁不住坐在她往日常坐的那張椅子上，痛哭了！

她的屍首，始終沒有撈到，大約是沉在湖底，或者已隨流流到海裡去了。

她所有的東西，都收拾好，交給我舅母帶回去，有一本小書，——《生之謎》，上面寫著留給你作紀念品的，我現在郵寄給你，望你好好保存了吧！

亞俠的表妹附書。一月九日

或人的悲哀

麗石的日記

今日春雨不住響地滴著，窗外天容愔淡，耳邊風聲淒厲，我靜坐幽齋，思潮起伏，只覺悵然惘然！

去年的今天，正是我的朋友麗石超脫的日子，現在春天已經回來了，並且一樣的風淒雨冷，但麗石那慘白梨花般的兩靨，誰知變成什麼樣了！

麗石的死，醫生說是心臟病，但我相信麗石確是死於心病，不是死於身病，她留下的日記，可以證實，現在我將她的日記發表了吧！

十二月二十一日

不記日記已經半年了。只感覺著學校的生活單調，吃飯，睡覺，板滯的上課，教員戴上道德的假面具，像俳優般舞著唱著，我們便像傻子般看著聽著，真是無聊極了。

圖書館裡，擺滿了古人的陳跡，我掀開了屈原的〈離騷〉唸了幾頁，心竊怪其愚——懷王也值得深戀嗎……

下午回家，寂悶更甚，這時的心緒，真微玄至不可捉摸……日來絕要自制，不讓消極的思想入據靈臺，所以又忙把案頭的《奮鬥》雜誌來讀。

晚飯後，得歸生從上海來信——不過寥寥幾行，但都繫心坎中流出，他近來因得不到一個歸宿地，常常自戕其身，白蘭地酒，兩天便要喝完一瓶，……他說：「沉醉的當中，就是他忘憂的時候。」唉！可憐的少年人！感情的海裡，豈容輕陷？固然指路的紅燈，只有一盞，但是這「萬矢之的」的紅燈，誰能料定自己便是得勝者呢？

其實像海蘭那樣的女子，世界上絕不是僅有，不過歸生是永遠不了解這層罷了。

今夜因為復歸生的信，竟受大困——的確我搜盡枯腸，也找不出一句很恰當的話，哪是足以安慰他的，……其實人當真正苦悶的時候，絕不是幾話所能安慰的喲！

十二月二十二日

今天因俗例的冬至節，學堂裡放了一天假，早晨看姑母們忙著預備祭祖，不免起了想家的情緒，憶起「獨在異鄉為異客，每逢佳節倍思親」愴然下淚！

姑丈年老多病，這兩天更覺頹唐，乾皺的面皮，消沉的心情，真覺老時的可憐！

午後沅青打發侍者送紅梅來，並有一封信說：「現由花廠買得紅梅兩株，遣人送上，聊襲古人寄梅伴讀的意思。」我寫了回信，打發來人回去，將那兩盆梅花，放在書案的兩旁，不久斜陽銷跡，殘月初升，那清淡的光華，正籠罩在那兩株紅梅上，更見精神。

今夜睡是極遲，但心潮波湧，入夢仍難，寂寞長夜，只有梅花吐著幽香，安慰這生的漂泊者呵！

十二月二十四日

窮冬嚴寒，朔風虎吼，心緒更覺無聊，切盼沅青的信，但是已經三次失望了。大約她有病吧？但是不至如此，因為昨天見面的時候，她依舊活潑潑地，毫無要病的表示呵，咳！除此還有別的原因嗎？……我和她相識兩年了，當第一次接談時，我固然不能決定她是怎樣的一個人，但是由我們不斷的通信和談話看來，她大約不至於很殘忍和無情吧！……不過，「愛情是不能買預約券的，也不是一成不變的……」變幻不測的人類，誰能認定他們要走的路呢？

下午到學校聽某博士的講演，不期遇見沅青，我的憂疑更深，心想沅青既然沒有病，為什麼不來信呢？當時賭氣也不去理她，草草把演講聽完，愁悶著回家去了；晚飯懶吃，獨坐沉思，想到無聊的地方，陡憶起佛經所說：「菩薩畏因，眾生畏果」，我不自造惡因，安得生此惡果？從此以後，謹慎造因吧！情感的漩渦裡，只是愁苦和忌恨罷了，何如澄澈此心，求慰於不變的「真如」呢……想到這裡，心潮漸平，不久就入睡鄉了。

十二月二十五日

昨夜睡時，心境平穩，惡夢全無，今早醒來，不期那紅灼灼的太陽，照滿綠窗了。我忙忙自床上坐了起來，忽見桌上放著一封信，那封套的尺寸和色澤，已足使我澄澈的心紊亂了，我用最速的目力，把那信看完了，覺得昨天的懺悔真是多餘，人生若無感情維繫，活著究有何趣？春天的玫瑰花芽，不是虧了太陽的照拂，怎能露出嬌豔的色澤？人類生活，若缺乏情感的點綴，便要常淪到乾枯的境地了，昨天的芥蒂，好似秋天的浮虧，一陣風洗淨了。

下午赴漱生的約，在公園聚會，心境開朗，覺得那莊嚴的松柏，都含著深甜的笑容，景由心造，真是不錯。

十二月二十六日

今天到某校看新劇，得到一種極劣的感想，——當我初到劇場時，見她們站在門口，高聲嘩笑著，遇見來賓由她們身邊經過，她們總做出那驕傲的樣子來，惹得那些喜趁機侮辱女性的青年，竊竊評論，他們所說的話，自然不是持平之論，但是喜虛榮的缺點，卻是不可避免之譏呵！

下午雯薇來——她本是一個活潑的女孩，可惜近來卻憔悴了——當我們回述著兒時的興趣，過去的快樂，更比身受時加倍，但不久我們的論點變了。

雯薇結婚已經三年了，在人們的觀察，誰都覺得她很幸福，想不到她內心原藏著深刻的悲哀，今天卻在我面前發現了，她說：「結婚以前的歲月，是希望的，也是極有生趣的，好像買樂透，希望中彩的心理一樣，而結婚後的歲月，是中彩以後，打算分配這財產用途的時候，只感到勞碌，煩躁，但當阿玉——她的女兒——沒出世之前，還不覺得，……現在才真覺得樂透中後的無趣了。孩子譬如是一根柔韌的綵線，把她捆了住，雖是厭煩，也無法解脫。」

四點半鐘雯薇走了，我獨自回憶著她的話，記得《甲必丹之女》書裡，有某軍官與彼得的談話說：「一娶妻什麼事都完了。」更感煩悶！

十二月二十七日

呵！我不幸竟病了，昨夜覺得心躁頭暈，今天竟不能起床了，靜悄悄睡在軟藤的床上，變幻的白雲，從我頭頂慢慢經過，爽颯的風聲，時時在我左右迴旋，似慰我的寂寞。

我健全的時候，無時不在栗六中覓生活，我只領略到煩攪和疲敝的滋味，今天我才覺得不斷活動的人類的世界也有所謂「靜」的境地。

我從早上八點鐘醒來，現在已是下午四點鐘了，我每回想到健全時的勞碌和壓迫，我不免要懇求上帝，使我永遠在病中，永遠和靜的主宰——幽祕之神——相接近。

我實在自覺慚愧，我一年三百六十日中，沒有一天過的是我真願過的日子，我到學校去上課，多半是為那上課的鈴聲所勉強，我恬靜地坐在位子上，多半是為教員和學校的規則所勉強，我一身都是擔子，我全心也都為擔子的壓迫，沒有工夫想我所要想的。

麗石的日記

今天病了，我的先生可以原恕我，不必板坐在書桌裡，我的朋友原諒我，不必勉強陪著她們到操場上散步……因為病被眾人所原諒，把種種的擔子都暫且擱下，我簡直是個被赦的犯人，喜悅何如？

我記得海蘭曾對我說：「在無聊和勉強的生活裡，我只盼黑夜快來，並望永遠不要天明，那末我便可忘了一切的煩惱了。」她也是一個生的厭煩者呵！

我最愛讀元人的曲，平日為刻板的工作範圍了，使我不能如願，今夜神思略清，因拿了一本元曲就著爍閃的燈光細讀，真是比哥倫布發現了新大陸還要快活呢！

我讀到〈黃粱夢〉一折，好像身駕雲霧，隨著驪山老母的繩拂，上窮碧落了。我看到東華帝君對呂岩說：「……把些個人間富貴，都做了眼底浮雲，」又說：「他每得道清平有幾人？何不早抽身？出世塵，盡白雲滿溪鎖洞門，將一函經手自翻；一爐香手自焚，這的是清閒真道本。」似喜似悟，唉！可憐的怯弱者呵！在擔子底下奮鬥筋疲力盡，誰能保不走這條自私自利的路呢！

每逢遇到不如意事時，起初總是憤憤難平，最後就思解脫，這何嘗是真解脫，唉！只自苦罷了！

十二月二十九日

二十八日熱度稍高，全身軟疲，不耐作字，日記因闕，今早服了三粒「金雞納霜」，這時略覺清楚。

回想昨天情景，只是昏睡，而睡時惡夢極多，不是被逐於虎狼，就是被困於水火，在這恐怖的夢中，上帝已指示出人生的縮影了。

午後雯薇使人來問病，並附一信說：「我吐血的病，三年以來，時好時壞，但我不怕死，死了就完了。」她的見解實在不錯！人生的大限，至於死而已；死了自然就完了。但死終不是很自然的事呵！不願意生的人固不少，可是同時也最怕死；這大約就是滋苦之因了。

我想起雯薇的病因，多半是由於內心的抑鬱，她當初做學生的時代，十分好強，自從把身體捐入家庭，便弄得事事不如人了——好強的人，只能聽人的讚揚，不幸受了非議，所有的希望便要立刻消沉了。其實引起人們最大的同情，只能求之於死後，那時用不著猜忌和傾軋了。

下午歸生的信又來了，他除為海蘭而煩悶外，沒有別的話說，恰巧這時海蘭也正來看我，我便將歸生的信讓她自己看去，我從旁邊觀察她的態度，只見她兩眉深鎖，雙睛發直；等了許久，她才對我說：「我受名教的束縛太甚了，……並且我不能聽人們的非議，他的意思，我終久要辜負了，請妳替我盡友誼的安慰吧！……這一定沒有結果的希望！」她這種似迎似拒的心理，看得出她智情激戰的痕跡。

正月一日

今天是新年的元旦，當我睡在床上，看小表妹把新日曆換那舊的時，固然也感到日子的飛快，光陰一霎便成過去了。但跟著又成了未來，過去的不斷過去，未來的也不斷而來，淺近的比喻，就是一盞無限大的走馬燈，究有什麼意思！

今天看我病的人更多了，她們並且怕我寂寞，倡議在我房裡打牌伴著我，我難卻她們的美意，其實我實在不歡迎呢！

正月三日

我的病已經好了，今天沅青來看我，我們便在屋裡圍著火爐清談竟日。

我自從病後，一直不曾和歸生通信，——其實我們的情感只是友誼的，我從不願從異性那裡求安慰，因為和他們——異性——的交接，總覺得不自由。

沅青她極和我表同情，因此我們兩人從泛泛的友誼上，而變成同性的愛戀了。

的確我們兩人都有長久的計畫，昨夜我們說到將來共同生活的樂趣，真使我興奮！我一夜都是作著未來的快樂夢。

我夢見在一道小溪的旁邊，有一所很清雅的草屋，屋的前面，種著兩棵大柳樹，柳枝飄拂在草房的頂上，柳樹根下，拴著一隻小船。那時正是斜日橫窗，白雲封洞，我和沅青坐在這小船裡，御著清波，漸漸駛進那蘆葦叢裡去。這時天上忽下起小雨來，我們被蘆葦嚴嚴遮住，看不見雨形，只聽見淅淅瀝瀝的雨聲。過了好久時已入夜，我們忙忙把船開回，這時月光又從那薄薄涼雲裡露出來，照得碧水如翡翠砌成，沅青叫我到水晶宮裡去遊逛，我便當真跳下水，忽覺心裡一驚，就醒了。

回思夢境，正是我們平日所希冀的呵！

正月四日

今天因為沅青不曾來，只感苦悶！走到我和沅青同坐著念英文的地方，更覺得忽忽如有所失。

我獨自坐在葡萄架下，只是回憶和沅青同遊同息的陳事：玫瑰花含著笑容，聽我們甜蜜的深談，黃鶯藏在葉底，偷看我們歡樂的輕舞，人們看見我們一樣的衣裙，聯袂著由公園的馬路上走過，如何的注目呵！唉！沅青是我的安慰者。也是我的鼓舞者，我不是為自己而生，我實在是為她而生呢！

晚上沅青遣人送了一封信來說：「親愛的麗石！我決定妳今天必大受苦悶了！……但是我為母親的使命，不能不忍心暫且離開妳。我從前不是和妳說過，我有一個舅舅住在天津嗎？因為小表弟的週歲，母親要帶我去祝賀，大約至遲五六天以內，總可以回來，妳可以找雯薇玩玩，免得寂寞！」我把這信，已經反覆看得能夠背誦了，但有什麼益處？寂寞益我苦！無聊使我悲！渴望增我怒！

正月十日

沅青走後，只覺懨懨懶動，每天下課後，只有睡覺，差強人意。

今天接到天津的電話，光青今夜可以到京，我的心懷開放了，一等到柳梢頭沒了日影，我便急急吩咐廚房開飯；老媽子打臉水，姑母問我忙什麼？我才覺得自己的忘情，不禁羞慚得說不出話來。

到了火車站，離火車到時還差一點多鐘呢！這才懊悔來得太早了！盼得心頭焦躁了，望得兩眼發酸了，這才聽見嗚嗚汽笛響，車子慢慢進了站臺，接客的人，紛紛趕上去歡迎他們的親友，我只遠遠站著，對那車窗一個個望去；望到最後的一輛車子，果見沅青含笑望我招手呢！忙忙奔了過去，不知對她說什麼好，只是嬉嬉對笑。出了站臺，僱了車子一直到我家來，因為沅青應許我今夜住在這裡。

正月十一日

昨夜和沅青說的話太多了，不免少睡了覺，今天覺得十分疲倦，但是因沅青的緣故，今夜依舊要睡得很晚呢！

今天沅青回家去了，但黃昏時她又來找我，她進我屋門的時候，我只樂得手舞足蹈！不過當我看她的面色時，不禁使我心脈狂跳，她雙睛紅腫，臉色青黃，好像受了極大的刺激。我禁不住細細追問，她說：「沒有什麼？做人苦罷了！」這話還沒說完，她的眼淚卻如潮湧般滾下來，後來她竟俯在我的懷裡痛哭起來，急得我不知怎樣才好，只有陪著她哭。我問她為什麼傷心？她始終不曾告訴我，晚上她家裡打發車子來接她，她才勉強擦乾眼淚走了。

沅青走後，我回想適才的情境，又傷心，又驚疑，想到她家追問她，安慰她，但是時已夜深，出去不便。只有勉強制止可怕的想頭，把這沉冥的夜度過。

正月十二日

為了昨夜的悲傷和失眠，今天覺得頭痛心煩，不過仍舊很早起來，打算去看沅青，我在梳頭的時候，忽沅青叫人送封信來，我急急打開唸道：

麗石！麗石！

人類真是固執的，自私的呵！我們稚弱的生命完全被他們支配了！被他們戕賊了！

我們理想的生活，被她們所不容，麗石！我真不忍使妳知道這惡劣的消息！但是我們分別在即了，我又怎忍始終瞞妳呢！

我的表兄他或者是個有為的青年——這個並不是由我觀察到的，只是我的母親對他的考語，他們因為愛我，要我與這有為的青年結婚，咳！麗石！妳為什麼不早打主意，穿上男子的禮服，戴上男子的帽子，妝作男子的行動，和我家裡求婚呢？現在人家知道妳是女子，不許妳和我結婚，偏偏去找出那什麼有為的青年來了。

他們又彷彿很能體諒人，昨晚母親對我說：「妳和表兄，雖是小時常見面的，但是你們的性情能否相合，還不知道，妳舅舅和我的意思，都是願意妳到天津去讀書，那末你們倆可以常見面，彼此的性情就容易了解了。如果合得來，你們就訂婚，合不來再說。」麗石！母親的恩情不能算薄，但是她終究不能放我們自由！

我大約下禮拜就到天津去。唉！麗石！從此天南地北，這離別的苦怎麼受呢？唉！親愛的麗石！我真不願離開妳，怎麼辦？妳也能到天津來嗎？……我希望妳來吧！

唉！失望呵！上帝真是太刻薄了！我只求精神上一點的安慰，祂都拒絕我！「沅青！沅青！」唉！我此時的心緒，只有怨艾罷了！

正月十五日

我自得到沅青要走的消息，第二天就病了，沅青雖刻刻伴著我，而我的心更苦了！這幾天我們的生活，就如被判決的死囚，唉！我回想到那一年夏天，那時正是雨後，蘊淚的柳枝，無力地蕩漾著，階前的促織，切切私語著，我和沅青，相倚著坐在淺藍色的欄杆上，沅青曾清清楚楚對我說：「我只要能找到靈魂上的安慰，那可怕的結婚，我一定要避免。」現在這話，只等於往事的陳跡了！

雯薇憐我寂寞和失意，這兩天常來慰我，但我深刻的悲哀，永遠不能消除呵！

今天雯薇來時，又帶了一個使我傷心的消息來，她告訴我說：「可憐的欣於竟墮落了！」這實在使我驚異！「他明明是個志趣高尚的青年阿？」我這麼沉吟著，雯薇說：「是呵！志趣高尚的青年，但是為了生計的壓迫，——結婚的結果——便把人格放棄了；他現在做了某黨派的走狗，諂媚他的上司；只是為了四十塊錢呵！可憐！」

唉！到處都是汙濁的痕跡！

二月一日

懊惱中，日記又放置半月不記了，我真是無用！既不能澈悟，又不能奮鬥，只讓無情的造物玩弄！

沅青昨天的來信，更使我寒心，她說：「麗石，我們從前的見解，實在是小孩子的思想，同性的愛戀，終久不被社會的人認可，我希望妳還是早些覺悟吧！

我表兄的確是個很有為的青年，他並且對我極誠懇，我到津後，常常和他聚談，他事事都能體貼入微，而且能任勞怨！」

唉！人的感情，真容易改變，不過半個月的工夫，沅青已經被人奪去了，人類的生活，大約爭奪是第一條件了！

上帝真不仁，當我受著極大的苦痛時，還不肯輕易饒我，支使那男性特別顯著的少年鄺文來糾纏我，聽說這是沅青的主意，她怕我責備，所以用這個好方法堵住我的口，其實她愚得很，戀愛豈是片面的？在鄺文粗浮的舉動裡，時時讓我感受極強的苦痛，其實同是一個愛字，苦出於兩方的同意，無論在誰的嘴裡說，都覺得自然和神聖，若有一方不同意，而強要求滿足自己的慾望，那是最不道德的事實，含著極大的侮辱。鄺文真使我難堪呵！唉！沅青何苦自陷？又強要陷人！

二月五日

今天又得到沅青的信，大約她和她表兄結婚，不久便可成事實。唉！我不恨別的，只恨上帝造人，為什麼不一視同仁，分為什麼男和女，因此不知把這個安靜的世界，攪亂到什麼地步？……唉！我更不幸，為什麼要愛沅青！

我為沅青的緣故，失了人生的樂趣！更為沅青故得了不可醫治的煩紆！

唉！我越回憶越心傷！我每作日記，寫到沅青棄我，我便恨不得立刻與世長辭，但自殺我又沒有勇氣，抑鬱而死吧！抑鬱而死吧！

我早已將人生的趣味，估了價啦，得不償失，上帝呵！只求祢早些接引！……

我看著麗石的這些日記，熱淚竟不自覺地流下來了。唉！我什麼話也不能再多說了。

海濱故人

海濱故人

一

呵！多美麗的圖畫！斜陽紅得像血般，照在碧綠的海波上，露出紫薔薇般的顏色來，那白楊和蒼松的蔭影之下，她們的旅行隊正停在那裡，五個青年的女郎，要算是此地的熟客了，她們住在靠海的村子裡；只要早晨披白綃的安琪兒，在天空微笑時，她們便各人拿著書跳舞般跑了來。黃昏紅裳的哥兒回去時，她們也必定要到。

她們倒是什麼來歷呢？有一個名字叫露沙，她在她們五人裡，是最活潑的一個。她總喜歡穿白紗的裙子，用雲母石作枕頭，仰面睡在草地上默默凝思。她在城裡唸書，現在正是暑假期中，約了她的好朋友——玲玉、蓮裳、雲青、宗瑩住在海邊避暑，每天兩次來賞鑒海景。她們五個人的相貌和脾氣都有極顯著的區別。露沙是個很清瘦的面龐和體格，但卻十分剛強，她們給她的贊語是「短小精悍」。她的脾氣很爽快，但心思極深，對於世界的謎彷彿已經識破，對人們交接，總是詼諧的。玲玉是富於情感，而體格極瘦弱，她常常喜歡人們的讚美和溫存。她認定的世界的偉大和神祕，只是愛的作用；她喜歡笑，更喜歡哭，她和雲青最要好。雲青是個智理比感情更強的人。有時她不耐煩了，不能十分溫慰玲玉，玲玉一定要背人偷拭淚，有時竟至放聲痛哭了。蓮裳為人最周到，無論和什麼人都交際得來，而且到處都被人歡迎，她和雲青很好。宗瑩在她們裡頭，是最嬌豔的一個，她極喜歡豔妝，也喜歡向人誇耀她的美和她的學識，她常常說過分的話。露沙和她很好，但露沙也極反對她思想的近俗，不過覺得她人很溫和，待人很好，時時地犧牲了自己的偏見，來附和她。她們樣樣不同的朋友，而能比一切同學親熱，就在她們都是很有抱負的人，和那醉生夢死的不同。所以她們就在一切同學的中間，築起高壘來隔絕了。

有一天朝霞罩在白雲上的時候，她們五個人又來了。露沙睡在海崖上，宗瑩蹲在她的身旁，蓮裳、玲玉、雲青站在海邊聽怒濤狂歌，看碧波閃映，宗瑩和露沙低低地談笑，遠遠忽見一縷白煙從海裡騰起。玲玉說：「船來了！」大家因都站起來觀看，漸漸看見煙筒了。看見船身了，不到五分鐘整個的船都可以看得清楚。船上許多水手都對她們望著，直到走到極遠才止。她們因又團團坐下，說海上的故事。

開始露沙述她幼年時，隨她的父母到外省做官去，也是坐的這樣的海船。有一天因為心裡煩悶極了，不住聲地啼哭，哥哥拿許多糖果哄她，也止不住哭聲，媽媽用責罰來禁止她的哭聲，也是無效。這時她父親正在作公文，被她攪得急起來，因把她抱起來要往海裡拋。她這時懼怕那油碧碧的海水，才止住哭聲。

宗瑩插言道：「露沙小時的歷史，多著呢，我都知道。因我媽媽和她家認識，露沙生的那天，我媽媽也在那裡。」玲玉說：「妳既知道，講給我們聽聽好不好？」宗瑩看著露沙微笑，意思是探她許可與否，露沙說：「小時的事情我一概不記得，妳說說也好，叫我也知道知道。」

於是宗瑩開始說了：「露沙出世的時候，親友們都慶賀她的命運，因為露沙的母親已經生過四個哥兒了。當孕著露沙的時候，只盼望是個女兒。這時露沙正好出世。她母親對這嫩弱的花蕊，十分愛護，但同時意外的事情發生了，不免妨礙露沙的幸運，就是生露沙的那一天，她的外祖母死了。並且曾經派人來接她的母親，為了露沙的出世，終沒去成，事後每每思量，當露沙閉目恬適睡在她臂膀上時，她便想到母親的死，晶瑩的淚點往往滴在露沙的頰上。後來她忽感到露沙的出世有些不祥，把思量母親的熱情，變成憎厭露沙的心了！

還有不幸的，是她母親因悲抑的結果，使露沙沒有乳汁吃，稚嫩的哀哭聲，便從此不斷了。有一天夜裡，露沙哭得最凶，連她的小哥哥都吵醒了。她母親又急又痛，止不住倚著床沿垂淚，她父親也嘆息道：『這孩子真討厭！明天雇個奶媽，把她打發遠點，免得妳這麼受罪！』她母親點點頭，但沒說什麼。

過了幾天，露沙已不在她母親懷抱裡了，那個新奶媽，是鄉下來的，她梳著奇異像蟬翼般的頭，兩道細縫的小眼，上唇撅起來，露著牙齦。露沙初次見她，似乎很驚怕，只躲在娘懷裡不肯仰起頭來。後來那奶媽拿了許多糖果和玩物，才勉強把她哄去。但到了夜裡，她依舊要找娘去，奶媽只把她摟在懷裡，輕輕拍著，唱催眠歌兒，才把她哄睡了。

露沙因為小時吃了母親憂抑的乳汁，身體十分孱弱，況且那奶媽又非常的粗心，她有時哭了，奶媽竟不理她，這時她的小靈魂，感到世界的孤寂和冷刻了。她身體健康更一天不如一天。到三歲了她還不能走路和說話，並且頭上還生了許多瘡疥。這可憐的小生命，更沒有人注意她了。

在那一年的春天，鳥兒全都輕唱著，花兒全都含笑著，露沙的小哥哥都在綠草地上玩耍，那時露沙得極重的熱病，關閉在一間廂房裡。當她病勢沉重的時候，她母親絕望了，又恐怕傳染，她走到露沙的小床前，看著她瘦弱的面龐說：『唉！怎變成這樣了！……奶媽！我這裡孩子多，不如把她抱到妳家裡去治吧！能好再抱回來，不好就算了！』奶媽也正想回去看看她的小黑，當時就收拾起來，到第二天早晨，奶媽抱著露沙走了。她母親不免傷心流淚。露沙搬到奶媽家裡的第二天，她母親又生了個小妹妹，從此露沙不但不在她母親的懷裡，並且也不在她母親的心裡了。

奶媽的家，離城有二十里路，是個環山繞水的村落，她的屋子，是用茅草和黃泥築成的，一共四間，屋子前面有一座竹籬笆，籬笆外有一道小溪，溪的隔岸，是一片田地，碧綠的麥秀，被風吹著如波紋般湧漾。奶媽的丈夫是個農夫，天天都在田地裡做工；家裡有一個紡車，奶媽的大女兒銀姊，天天用它紡線；奶媽的小女兒小黑和露沙同歲。露沙到了奶媽家裡，病漸漸減輕，不到半個月已經完全好了，便是頭上的瘡也結了痂，從前那黃瘦的面孔，現在變成紅黑了。

露沙住在奶媽家裡，整整過了半年，她忘了她的父母，以為奶媽便是她的親娘，銀姊和小黑是她的親姊姊。朝霞幻成的畫景，成了她靈魂的安慰者，斜陽影裡唱歌的牧童，是她的良友，她這時精神身體都十分煥發。

露沙回家的時候，已經四歲了。到六歲的時候，就隨著她的父母做官去，以後的事情我就不知道了。」

宗瑩說到這裡止住了。露沙只是怔怔地回想，雲青忽喊道：「你看那海水都放金光了，太陽已經到了正午，我們回去吃飯吧！」她們隨著松蔭走了一程已經到家了。

在這一個暑假裡，寂寞的松林，和無言的海流，被這五個女孩子點染得十分熱鬧，她們對著白浪低吟，對著激潮高歌，對著朝霞微笑，有時竟對著海月垂淚。不久暑假將盡了，那天夜裡正是月望的時候，她們黃昏時拿著簫笛等來了。露沙說：「明天我們就要進城去，這海上的風景，只有這一次的享受了。今晚我們一定要看日落和月出……這海邊上雖有幾家人家，但和我們也混熟了，縱晚點回去也不要緊，今天總要盡興才是。」大家都極同意。

西方紅灼灼的光閃爍著，海水染成紫色，太陽足有一個臉盆大，起初蓋著黃色的雲，有時露出兩道紅來，彷彿大神怒睜兩眼，向人間狠視般，但沒有幾分鐘那兩道紅線化成一道，那彩霞和彗星般散在西北角上，那火盆般的太陽已到了水平線上，一霎眼那太陽已如獅子滾繡球般，打個轉身沉向海底去了。天上立刻露出淡灰色來，只在西方還有些五彩餘輝閃爍著。

海風吹拂在宗瑩的散髮上，如柳絲輕舞，她倚著松柯低聲唱道：

海濱故人

我欲登芙蓉之高峰兮，
白雲阻其去路。
我欲挈綠蘿之俊藤兮；
懼頹岩而踟躕。
傷煙波之蕩蕩兮；
伊人何處？
叩海神久不應兮；
唯漫歌以代哭！

接著歌聲，又是一陣蕭韻，其聲嚶嚶似蜂鳴群芳叢裡，其韻溶溶似落花輕逐流水，漸提漸高激起有如孤鴻哀唳碧空，但一折之後又漸轉和緩恰似水滲灘底嗚咽不絕，最後音響漸杳，歌聲又起道：

臨碧海對寒素兮，
何煩紆之縈心！
浪滔滔波蕩蕩兮，

傷孤舟之無依！
傷孤舟之無依兮，
愁綿綿而永系！」

大家都被了歌聲的催眠，沉思無言，便是那作歌的宗瑩，也只有微嘆的餘音，還在空中蕩漾罷了。

二

她們搬進學校了。暑假裡浪漫的生活，只能在夢裡夢見，在回想中想見。這幾天她們都是無精打采的。露沙每天只在圖書館，一張長方桌前坐著，拿著一枝筆，痴痴地出神，看見同學走過來時，她便將人家慢慢分析起來。同學中有一個叫松文的從她面前走過，手裡正拿著信，含笑的看著，露沙等她走後，便把她從印象中提出，層層地分析。過了半點鐘，便抽去筆套，在一冊小本子上寫道：

「一個很體面的女郎，她時時向人微笑，多美麗呵！只有含露的荼蘼能比擬她。但是最真誠和甜美的笑容，必定當她讀到情人來信時才可以看見！這時不正像含露的荼蘼了，並且像斜陽熏醉的玫瑰，又柔媚又豔麗呢！」她寫到這裡又有一個同學從她面前走過。她放下她的小本子，換了宗旨不寫那美麗含笑的松文了！她將那個後來的同學照樣分析起來。這個同學姓酈，在她一級中年紀最大——大約將近四十歲了——她拿著一堆書，皺著眉走過去。露沙望著她的背影出神。不禁長嘆一聲，又拿起筆來寫道：「她是四十歲的母親了，——她的兒已經十歲——當她拿著先生發的講義——二百餘頁的講義，細細地理解時，她不由得想起她的兒來了。她那時皺緊眉頭，合上兩眼，任那眼淚把講義溼透，也仍不能止住她的傷心。

先生們常說：『她是最可佩服的學生。』我也只得這麼想，不然她那緊皺的眉峰，便不時惹起我的悲哀：我必定要想到：『人多麼傻呵！因為不相干的什麼知識——甚至於一張破紙文憑，把精神的快活完全犧牲了……』噹噹一陣吃飯鐘響，她才放下筆，從圖書館出來，她一天的生活大約如是，同學們都說她有神經病，有幾個刻薄的同學給她起個綽號，叫『著作家』，她每逢聽見人們嘲笑她的時候，只是微笑說：『算了吧！著作家談何容易？』說完這話，便頭也不回地跑到圖書館去了。」

宗瑩最喜歡和同學談情。她每天除上課之外，便坐在講堂裡，和同學們說：「人生的樂趣，就是情。」她們同級裡有兩個人，一個叫做蘭香，一個叫做孤雲，她們兩人最要好，然而也最愛打架。她們好的時候，手挽著手，頭偎著頭，低低地談笑。或商量兩個人做一樣衣服，用什麼樣花邊，或者做一樣的鞋，打一樣的別針，使無論什麼人一見她們，就知道她們是頂要好的朋友。有時預算星期六回家，誰到誰家去，她們說到快意的時候，竟手舞足蹈，合唱起來。這時宗瑩必定要拉著玲玉說：「妳看她們多快樂呵！真是人若沒有感情，就不能生活了。情是滋潤草木的甘露，要想開美麗的花，必定用要情汁來灌溉。」玲玉也悄悄地談論著，我們級裡誰最有情，誰有真情，宗瑩笑著答她道：「我看妳最多情，——最沒情就是露沙了。她永遠不相信人，我們對她說情，她便要笑我們。其實她的見地實在不對。」玲玉便懷疑著笑說道：「真的嗎？……我不相信露沙無情，你看她多喜歡笑，多喜歡哭呀。沒情的人，感情就不應當這麼易動。」宗瑩聽了這話，沉思一回，又道：「露沙這人真奇怪呀！……有時候她鬧起來，比誰都活潑，及至靜起來，便誰也不理的躲起來了。」

她們一天到晚，只要有閒的時候，便如此的談論，同學們給她們起了綽號，叫「情迷」。她們也笑納不拒。

雲青整天理講義，記日記。雲青的姊妹最多，她們家庭裡因組織了一個娛樂會。雲青全份的精神都集中在這裡，下課的時候，除理講義，抄筆錄和記日記外，就是做簡章和寫信。她性情極圓和，無論對於什麼事，都不肯吃虧，而且是出名的拘謹。同級裡每回開級友會，或是愛國運動，她雖熱心幫忙，但叫她出頭露面，她一定不答應。她唯一的推辭只說：「家裡不肯。」同學們能原諒她的，就說她家庭太頑固，她太可憐；不能原諒她，就冷笑著說：「真正是個薛寶飲。」她有時聽見這種的嘲笑，便呆呆坐在那裡。露沙若問她出什麼神？她便悲抑著說：「我只想求人了解真不容易！」露沙早聽慣看慣她這種語調態度，也只冷冷地答道：「何必求人了解？老實說便是自己有時也不了解自己呢！」雲青聽了露沙的話，就立刻安適了，仍舊埋頭做她的工作。

蓮裳和他們四人不同級，她學的是音樂。她每日除了練琴室裡彈琴，便是操場上唱歌。她無憂無慮，好像不解人間有煩惱事，她每逢聽見雲青露沙談人無味一類的話，她必插嘴截住她們的話說：「哎呀！妳們真討厭。竟說這些沒意思的話，有什麼用處呢？來吧！來吧！操場玩去吧！」她跑到操場裡，跳上鞦韆架，隨風上下翻舞，必弄得一身汗她才下來，她的目的，只是快樂。她最憎厭學哲理的人，所以她和露沙她們不能常常在一處，只有假期中，她們偶然聚會幾次罷了。

她們在學校裡的生活很平淡，差不多沒有什麼意外的事情發現。到了第三個年頭，學校裡因為愛國運動，常常罷課。露沙打算到上海讀書。開學的時候，同學們都來了，只短一個露沙，雲青、玲玉、宗瑩都感十分悵惘，雲青更抑抑不能耐，當日就寫了一封信給露沙道：

露沙：

賜書及宗瑩書，讀悉，一是離愁別恨，思之痛，言之更痛，露沙！千絲萬縷，從何訴說？知惜別之不免，悔歡聚之多事矣！悠悠不決之學潮，至茲告一結束，今日已始行補課，同堂相見，問及露沙，上海去也。局外人已不勝為吾四人憾，況身受者乎？吾不欲聽其問，更不忍筆之於此以增露沙愁也！所幸吾儕之以志行相契，他日共事社會，不難舊雨重逢，再作昔日之遊，話別情，傾積愫，且喜所期不負，則理想中樂趣，正今日離愁別恨有以成之；又何惜今日之一別，以致永久之樂乎？雲素欲作積極語，以是自慰，亦勉以是為露沙慰，知露沙離群之痛，總難恝然於心。姑以是作無聊之極想，當耐味之榆柑可也。

今日校中之開學式，一種蕭條氣象，令人難受，露沙！所謂「別時容易見時難」。吾終不能如太上之忘情，奈何！得暇多來信，余言續詳，順頌

康健

雲青

雲青寫完信，意緒兀自懶散，在這學潮後，雜亂無章的生活裡，只有沉悶煩紆，那守時刻司打鐘的僕人，一天照樣打十二回鐘，但課堂裡零零落落，只有三四個人上堂。教員走上來，四面找人，但窗外一個人影都沒有。院子裡只有垂楊對那孤寂的學生教員，微微點頭。玲玉、宗瑩和雲青三個人，只是在操場裡閒談。這時正是秋涼時候，天空如洗，黃花滿地，西風爽竦。一群群雁子都往南飛，更覺生趣索然。她們起初不過談些解決學潮的方法，已覺前途的可怕，後來她們又談到露沙了，玲玉說：「露沙走了，與她的前途未始不好。只是想到人生聚散，如此易易，太沒意思了，現在我們都是做學生的時代，肩上沒有重大的責任，尚且要受種種環境支配，將來投身社會，豈不更成了機械嗎？……」雲青說：「人生有限的精力，清磨完了就結束了，看

透了倒不值得愁前慮後呢？」宗瑩這時正在葡萄架下，看纍纍酸子，忽接言道：「人生都是苦惱，但能不想就可以不苦了！」雲青說：「也只有做如此想。」她們說著都覺倦了，因一齊回到講堂去。宗瑩的桌上忽放著一封信，是露沙寄來的，她忙忙撕開唸道：

人壽究竟有幾何？窮愁潦倒過一生；未免不值得！我已決定日內北上，以後的事情還講不到，且把眼前的快樂享受了再說。

宗瑩！雲青！玲玉！從此不必求那永不開口的月姊——傳我們心弦之音了！呵！再見！

宗瑩喜歡得跳起來，玲玉、雲青也盡展愁眉，她們並且忙跑去通知蓮裳，預備歡迎露沙。

露沙到的那天，她們都到火車站接她。把她的東西交給底下人拿回去。她們五個人一齊走到公園裡。在公園裡吃過晚飯，便在社稷壇散步，她們談到暑假分別時曾叮囑到月望時，兩地看月傳心曲，誰想不到三個月，依舊同地賞月了！在這種極樂的環境裡，她們依舊恢復她們天真活潑的本性了。

她們談到人生聚散的無定。露沙感觸極深，因述說她小時的朋友的一段故事：

「我從九歲開始唸書，啟蒙的先生是我姑母，我的書房，就在她寢室的套間裡。我的書桌是紅漆的，上面只有一個墨盒，一管筆，一本書，桌子面前一張木頭椅子。姑母每天早晨教我一課書，教完之後，她便把書房的門倒鎖起來，在門後頭放著一把水壺，唸渴了就喝白開水，她走了以後，我把我的書打開。忽聽見院子裡妹妹唱歌，哥哥學貓叫，我就慢慢爬到桌上站在那裡，從窗眼往外看。妹妹笑，我也由不得要笑；哥哥追貓，我心裡也像幫忙一塊追似的。我這樣站著兩點鐘也不覺倦，但只聽見姑母的腳步聲，就趕緊爬下來，很規矩地坐在那裡，姑母一進門，正顏厲色地向我道：『過來背書。』我哪裡背得出，便認也不曾認得。姑母怒極，喝道：『過來！』我不禁哀哀地哭了。她拿著皮鞭抽了幾鞭，然後狠狠地說：『十二點再背不出，不用想吃飯呵！』我這時恨極這本破書了。但為要吃午飯，也不能不拚命地念，僥倖背出來了，混了一頓午飯吃。但是唸了一年，一本《三字經》還不曾唸完。姑母恨極了，告訴了母親，把我狠狠責罰了一頓，從此不教我唸書了。我好像被赦的死囚，高興極了。

有一天我正在同妹妹做小衣服玩，忽聽見母親叫我說：『露沙！妳一天在家裡不唸書，竟頑皮，把妹妹都引壞了。我現在送妳上學校去，妳若不改，被人趕出來，我就不要妳了。』我聽了這話，又怕又傷心，不禁放聲大哭。後來哥哥把我抱上車，送我到東城一個教會學堂裡。我才邁進校長室，心裡便狂跳起來。在我的小生命裡，是第一次看見藍眼睛、高鼻子的外國人，況且這校長滿臉威嚴。我哥哥和她說：『這小孩是我的妹妹，她很頑皮，請你不用客氣地管束她。那是我們全家所感激的。』那校長對我看了半天說：『哦！小孩子！妳應當聽話，在我的學校裡，要守規矩，不然我這裡有皮鞭，它能責罰妳。』她說著話，把手向牆上一捺。就聽見『琅琅！』一陣鈴響，不久就走進一個中國女人來，年紀二十八九，這個人比校長溫和得多，她走進來和校長鞠了個躬，並不說話，只聽見校長叫她道：『魏教習！這個女孩是到這裡讀書的，妳把她帶去安置了吧！』那個魏教習就拉著我的手說：『小孩子！跟我來！』我站著不動。兩眼望著我的哥哥，好似求救似的。我哥哥也似了解我的意思，因安慰我說：『妳好好在這裡唸書，我過幾天來看你。』我知道無望了，只得勉勉強強跟著魏教習到裡邊去。

這學校的學生，都是些鄉下孩子，她們有的穿著打補釘的藍布褂子，有的頭上紮著紅頭繩，見了我都不住眼地打量，我心裡又徬徨，又淒楚。在這滿眼生疏的新環境裡，覺得好似不繫之舟，前途命運真不可定呵。迷糊中不知走了多少路，只見魏教習領我走到樓下東邊一所房子前站住了。用手輕輕敲了幾下門，那門便『呀』的一聲開了。一個女郎戴著蔚藍眼鏡，兩頰嬌紅，眉長入鬢，身上穿著一件月白色的長衫，微笑著對魏教習鞠了躬說：『這就是那新來的小學生嗎？』魏教習點點頭說：『我把她交給妳，一切的事情都要妳留心照應。』說完又回頭對我說：『這裡的規矩，小學生初到學校，應受大學生的保護和管束。她的名字叫秦美玉，妳應當叫她姐姐，好好聽她的話，不知道的事情都可以請教她。』說完站起身走了。那秦美玉拉著我的手說：『妳多大了？妳姓什麼？叫什麼？……這學校的規矩很厲害，外國人是不容情的，妳應當事事小心。』她正說著，已有人將我的鋪蓋和衣物拿進來了。我這時忽覺得詫異，怎麼這屋子裡面沒有床鋪呵？後來又看她把牆壁上的木門推開了。裡頭放著許多被褥，另外還有一個牆櫥，便是放衣服的地方。她告訴我這屋裡住五個人，都在這木板上睡覺，此外，有一張長方桌子，也是五個人公用的地方。我從來沒看見過這種簡陋的生活，彷彿到了一個特別的所在，事事都覺得不慣。並且那些大學生，又都正顏厲色地指揮我打水掃地，我在家從來沒做過，況且年齡又太幼弱，怎麼能做得來。不過又不敢不做，到煩難的時候，只有痛哭，那些同學又都來看我，有的說：『這孩子真沒出息！』有的說：『管管她就好了。』那些沒有同情的刺心話，真使我又羞又急，後來還是秦美玉有些不過意，撫著我的頭說：『好孩子！別想家，跟我玩去。』我擦乾了眼淚，跟她走出來。院子裡有鞦韆架，有蕩木，許多學生在那裡玩耍，其中有一個學生，和我差不多大，穿著藕荷色的洋紗長衫，對我含笑地望，我也覺得她和別的同學不同，很和氣可近的，我不知不覺和她熟識了，我就別過秦美玉和她牽著手，走到後院來。那裡有一棵白楊樹。底下放著一塊搗衣石，我們並肩坐在那裡。這時正是黃昏的時候，柔媚的晚霞，綴成漫天紅罩，金光閃射，正映在我們兩人的頭上，她忽然問我道：『妳會唱聖詩嗎？』我搖頭說『不會』，她低頭沉思半說：『我會唱好幾首，我教妳一首好不好？』我點頭道：『好！』她便輕輕柔柔地唱了一首，歌詞我已記不得了。只是那爽脆的聲韻，恰似嬌鶯低吟，春燕輕歌，到如今還深刻腦海。我們正在玩得有味，忽聽一陣鈴響，她告訴我吃晚飯了。我們依著次序，走進膳堂，那膳堂在地窖裡，很大的一間房子，兩旁都開著窗戶，從窗戶外望，平地上所種的杜鵑花正開得燦爛嬌豔，迎著殘陽，真覺爽心動目。屋子中間排著十幾張長方桌，桌的兩旁放著木頭板凳，桌上當中放著一個綠盆，盛著白木頭筷子和黑色粗碗，此外排著八碗茄子煮白水，每兩人共吃一碗。在桌子東頭，放著一簸籮棒子面的窩窩頭，黃騰騰好似金子的顏色，這又是我從來沒吃過的，秦美玉替我拿了兩塊放在面前。我拿起來咬了一口，有點甜味，但是嚼在嘴裡，粗糙非常，至於那碗茄子，更不知道是什麼味道，又澀又苦。想來既沒有油，鹽又放多了，我肚子其實很餓，但我拿起筷子勉強吃了兩口，實在嚥不下，心裡一急，那眼淚點點滴滴都流在窩窩頭上了。那些同學見我這種情形，有的誹笑我，有的談論我，我彷彿聽見她們說：『小姐的派頭倒十足，但為什麼不吃小廚房的飯呢？』我那時不知道這學校的飯是分等第的，有錢的吃小廚房飯，沒錢就吃大廚房的飯，我只疑疑惑惑不知道她們說什麼，只怔怔地看著飯菜垂淚。直等大家都吃完，才一齊散了出來。我自從這一頓飯後，心裡更覺得難受了，這一夜翻來覆去，無論如何睡不著，看那清碧的月光，從樹梢上移到我屋子的窗檽上，又移到我的枕上，直至月光充滿了全屋，我還不曾入夢，只聽見那四個同學呼聲雷動，更感焦躁，那眼淚又不由自主地流下來了。直到天快亮，這才迷迷糊糊睡了一覺。

第二天的飯菜，依舊是不能下箸。那個小朋友知道這消息，到吃飯的時候，特把她家裡送來的菜，撥了一半給我，我才吃了一頓飽飯，這種苦楚直挨了兩個星期，才略覺習慣些。我因為這個小朋友待我極好，因此更加親熱。直到我家裡搬到天津去，我才離開這學校，我的小朋友也回通州去了。以後我已經十三歲了，我的小朋友十二歲，我們一齊都進公立某小學校，後來她因為想學醫到別處去。我們五六年不見，想不到前年她又到北京來，我們因又得歡聚，不過現在她又走了——聽說她已和人結婚——很不得志，得了肺病，將來能否再見，就說不定了。」

「妳們說人生聚散有一定嗎？」露沙說完，兀自不住聲地嘆息。這時公園遊人已漸漸散盡，大家都有倦意。因趁著光慢慢散步出園來，一同僱車回學校去。

露沙自從上海回來後，宗瑩和雲青、玲玉，都覺特別高興。這時候她們下課後，工作的時候很少，總是四個人拉著手，在芳草地上，輕歌快談。說到快意時，便哈天撲地地狂笑，說到淒楚時便長吁短嘆，其實都脫不了孩子氣，什麼是人生！什麼是究竟！不過嘴裡說說，真的苦趣還一點沒嘗到呢！

三

光陰快極了，不覺又過了半年，不解事的露沙、玲玉、雲青、宗瑩、蓮裳，不幸接二連三都捲入愁海了。

第一個不幸的便是露沙，當她幼年時飽受冷刻環境的熏染，養成孤僻倔強的脾氣，而她天性又極富於感情，所以她竟是個智情不調和的人。當她認識那青年梓青時，正在學潮激烈的當兒。天上飄著鵝毛片般的白雪，空中風聲凜冽，她奔波道途，一心只顧怎麼開會、怎麼發宣言，和那些青年聚在一起，討論這一項，解決那一層，她初不曾預料到這一點的，因而生出絕大的果來。

梓青是個沉默孤高的青年，他的議論最徹底，在會議的席上，他不大喜歡說話，但他的論文極多，露沙最喜歡讀他的作品，在心流的溝裡，她和他不知不覺已打通了，因此不斷地通信，從泛泛的交誼，變為同道的深契。這時露沙的生趣勃勃，把從前的冷淡態度，融化許多，她每天除上課外，便是到圖書館看書，看到有心得，她或者作短文，和梓青討論；或者寫信去探梓青的見解，在這個時期裡，她的思想最有進步，並且她又開拓研究哲學，把從前懵懵懂懂的態度都改了。

有一天正上哲學課，她拿著一枝鉛筆記先生口述的話。那時先生正講人生觀的問題，中間有一句說：「人生到底做什麼？」她聽了這話，忽然思潮激湧，停了手裡的筆，更聽不見先生繼續講些什麼，只怔怔地盤算，「人生到底做什麼？……牽來牽去，忽想到戀愛的問題上去，——青年男女，好像是一朵含苞未放的玫瑰花，美麗的顏色足以安慰自己，誘惑別人，芬芳的氣息，足以滿足自己，迷戀別人。但是等到花殘了，葉枯了，人家棄置，自己憎厭，花木不能躲時間空間的支配，人類也是如此，那末人生到底做什麼？……其實又有什麼可做？戀愛不也是一樣嗎？青春時互相愛戀，愛戀以後怎麼樣？……不是和演劇般，到結局無論悲喜，總是空的呵！並且愛戀的花，常常襯著苦惱的葉子，如何跳出這可怕的圈套，清淨一輩子呢？……」她越想越玄，後來弄得不得主意，吃飯也不正經吃，有時只端著飯碗拿著筷子出神，睡覺也不正經睡，半夜三更坐了起來發怔，甚至於痛哭了。

這一天下午，露沙又正犯著這哲學病，忽然梓青來了一封信，裡頭有幾句話說：「枯寂的人生真未免太單調了！……唉！什麼時候才得甘露的潤澤，在我空漠的心田，開朵燦爛的花呢？……恐怕只有膜拜『愛神』，求她的憐憫了！」這話和她的思想，正犯了衝突。交戰了一天，仍無結果。到了這一天夜裡，她勉勉強強寫了梓青的回信，那話處處露著徬徨矛盾的痕跡。到第二天早起重新看看，自己覺得不妥。因又撕了，結果只寫了幾個字道：「來信收到了，人生不過爾爾，苦也罷，樂也罷，幾十年全都完了，管他呢！且隨遇而安吧！」

活潑潑的露沙，從此憔悴了！消沉了！對於人間時而信，時而疑，神經越加敏銳，閒步到中央公園，看見鴨子在鐵欄裡游泳，她便想到，人生和鴨子一樣地不自由，一樣地愚鈍；人生到底做什麼？聽見鸚鵡叫，她便想到人們和鸚鵡一樣，刻板地說那幾句話，一樣的不能跳出那籠子的束縛；看見花落葉殘便想到人的末路——死——彷彿天地間只有愁雲滿布，悲霧迷漫，無一不足引起她對世界的悲觀，弄得精神衰頹。

露沙的命運是如此。雲青的悲劇同時開演了，雲青向來對於世界是極樂觀的，她目的想作一個完美的教育家，她願意到鄉村的地方——綠山碧水——的所在，召集些鄉村的孩子，好好地培植她們，完成甜美的果樹，對於露沙那種自尋苦惱的態度，每每表示反對。

這天下午她們都在校園葡萄架下閒談，同級張君，拿了一封信來，遞給露沙，她們都圍攏來問：「這是誰的信，我們看得嗎？」露沙說：「這是蔚然的信，有什麼看不得的。」她說著因把信撕開，抽出來唸道：

露沙君：

不見數月了！我近來很忙。沒有寫信給妳，抱歉得很！妳近狀如何？唸書有得嗎？我最近心緒十分惡劣，事事都感到無聊的痛苦，一身一心都覺無所著落，好像黑夜中，獨駕扁舟、漂泊於四無涯際，深不見底的大海汪洋裡，徬徨到底點了呵！日前所雲事，曾否進行，有效否，極盼望早得結果，慰我不定的心。別的再談。

蔚然

宗瑩說，「這個人不就是我們上次在公園遇見的嗎？……他真有趣，抱著一大捆講義，睡在椅子上看，……他托妳什麼事？……露沙！」

露沙沉吟不語，宗瑩又追問了一句，露沙說：「不相干的事，我們說我們的吧！

時候不早，我們也得看點書才對。」這時玲玉和雲青正在那唧唧噥噥商量星期六照相的事，宗瑩招呼了她們，一齊來到講堂。玲玉到圖書室找書預備作論文，她本要雲青陪她去，被露沙攔住說：「宗瑩也要找書，妳們倆何不同去。」玲玉才舍了雲青，和宗瑩去了。

露沙叫雲青道：「妳來！我有話和妳講。」雲青答應著一同出來，她們就在柳蔭下，一張凳子上坐下了。露沙說：「蔚然的信妳看了覺得怎樣？」雲青懷疑著道：「什麼怎麼樣？我不懂妳的意思！」露沙說：「其實也沒有什麼！……我說了想妳也不至於惱我吧？」雲青說：「什麼事？妳快說就是了。」露沙說：「他信裡說他十分苦悶，妳猜為什麼？……就是精神無處寄託，打算找個志同道合的女朋友，安慰他靈魂的枯寂！他對於妳十分信任，從前和我說過好幾次，要我先容，我怕碰釘子，直到如今不曾說過，今天他又來信，苦苦追問，我才說了，我想他的人格，妳總信得過，做個朋友，當然不是大問題是不是？」雲青聽了這話，一時沒說什麼，沉思了半天說：「朋友原來不成問題，……但是不知道我父親的意思怎樣？等我回去問問再說吧！」……露沙想了想答道：「也好吧！但希望快點！」她們談到這裡，聽見玲玉在講堂叫她們，便不再往下說，就回到講堂去。

露沙幫著玲玉找出《漢書．藝文志》來，混了些時，玲玉和宗瑩都伏案作文章，雲青拿著一本《唐詩》，怔怔凝思，露沙叉著手站在玻璃窗口，聽柳樹上的夏蟬不住聲地嘶叫，心裡只覺悶悶地，無精打采地坐在書案前，書也懶看，字也懶寫。孤雲正從外頭進來，撫著露沙的肩說：「怎麼又犯毛病啦，眼淚汪汪是什麼意思呵！」露沙滿腔煩悶悲涼，經她一語道破，更禁不住，爽性伏在桌上嗚咽起來，玲玉、宗瑩和雲青都急忙圍攏來，安慰她，玲玉再三問她為什麼難受，她只是搖頭，她實在說不出具體的事情來。這一下午她們四個人都沉悶無言，各人嘆息各人的，這種的情形，絕不是頭一次了。

冬天到了，操場裡和校園中沒有她們四人的影子了，這時她們的生活只在圖書館或講堂裡，但是圖書館是看書的地方，她們不能談心，講堂人又太多，到不得已時，她們就躲在櫛沐室裡，那裡有頂大的洋爐子，她們圍爐而談，毫無妨礙。

最近兩個星期，露沙對於宗瑩的態度，很覺懷疑。宗瑩向來是笑容滿面，喜歡談說的；現在卻不然了，鎮日坐在講堂，手裡拿著筆在一張破紙上，畫來畫去，有時忽向玲玉說：「做人真苦呵！」露沙覺得她這種形態，絕對不是無因。這一天的第二課正好教員清假，露沙因約了宗瑩到櫛沐室談心，露沙說：「妳有什麼為難的事嗎？」她沉吟了半天說：「妳怎麼知道？」露沙說：「自然知道，……妳自己不覺得，其實誠於中形於外，無論誰都瞞不了呢！」宗瑩低頭無言，過了些時，她才對露沙說：「我告訴妳，但請妳守祕密。」露沙說：「那自然啦，妳說吧！」

我前幾個星期回家，我母親對我說有個青年，要向我求婚，據父親和母親的意思，都很歡喜他，他的相貌很漂亮，學問也很好，但只一件他是個官僚。我的志趣妳是知道的，和官僚結婚多討厭呵！而且他的交際極廣，難保沒有不規則的行動，所以我始終不能決定。我父親似乎很生氣，他說：『現在的女孩子，眼裡哪有父母呵，好吧！我也不能強迫妳，不過我覺得這是個好機會，我作父親的有對妳留意的責任，妳若自己錯過了，那就不能怨人，……據我看那青年，實在是不可多得的人才，將來至少也有科長的希望……，』我被他這一番話說得真覺難堪，我當時一夜不曾闔眼，我心裡只恨為什麼這麼倒楣。若果始終要為父母犧牲，我何必唸書進學校。只過我六七年前小姐式的生活，早晨睡到十一二點起來，看看不相干的閒書，作兩首讕調的詩，滿肚皮佳人才子的思想，三從四德的觀念，那末父母之命，媒妁之言，我自然遵守，也沒有什麼苦惱了！現在既然進了學校，有了知識，叫我屈伏在這種頑固不化的威勢下，怎麼辦得到！我犧牲一個人不要緊，其奈良心上過不去，妳說難不難？……」宗瑩說到傷心時，淚珠兒便不斷地滴下來。露沙倒弄得沒有主意了，只得想法安慰她說：「妳不用著急，天下沒有不愛子女的父母，他絕不忍十分難為妳……」

宗瑩垂淚說：「為難的事還多呢！豈止這一件。妳知道師旭常常寫信給我嗎？」露沙詫異道：「師旭！是不是那個很胖的青年？」宗瑩道：「是的。」……「他頭一封信怎麼寫的？」露沙如此地問。宗瑩道：「他提出一個問題和我討論，叫我一定須答覆，而且還寄來一篇論文叫我看完交回，這是使我不能不回信的原因。」露沙聽完，點頭嘆道：「現在的社交，第一步就是以討論學問為名，那招牌實在是堂皇得很，等妳真真和他討論學問時，他便再進一層，和妳討論人生問題，從人生問題裡便渲染上許多憤慨悲抑的感情話，打動了妳，然後戀愛問題就可以應運而生了。……簡直是作戲，所幸當局的人總是一往情深，不然豈不味同嚼蠟！」宗瑩說：「什麼事不是如此？……做人只得模糊些罷了。」

她們正談著，玲玉來了，她對她們做出嬌痴的樣子來，似笑似惱地說：「啊喲！兩個人像煞有介事，……也不理人家。」說著歪著頭看她們笑。宗瑩說：「來！來！……我頂愛你！」一邊說，一邊走，過來拉著她的手。她就坐在宗瑩的旁邊，將頭靠在她的胸前說：「妳真愛我嗎？……真的嗎？」……「怎麼不真！」宗瑩應著便輕輕在她手上吻了一吻。露沙冷冷地笑道：「果然名不虛傳，情迷碰到一起就有這麼些做作！」玲玉插嘴道：「咦！世界上妳頂沒有愛，一點都不愛人家。」露沙現出很悲涼的形狀道：「自愛還來不及，說得愛人家嗎？」玲玉有些惱了，兩頰緋紅說：「露沙頂忍心，我要哭了！我要哭了！」說著當真眼圈紅了，露沙說：「得啦！得啦！和妳鬧著玩呵！……我縱無情，但對於妳總是愛的，好不好？」玲玉雖是哈哈地笑，眼淚卻隨著笑聲滾了下來。正好雲青找到她們處來，玲玉不容她開口，拉著她就走，說：「走吧！去吧！露沙一點不愛人家，還是妳好，妳永遠愛我！」雲青只遲疑地說：「走嗎？……真是的！」又回頭對她們笑道：「這是怎麼回事？……妳們不走嗎……」宗瑩說：「妳先走好了，我們等等就來。」玲玉走後，宗瑩說：「玲玉真多情，……我那親戚若果能娶她，真是福氣！」露沙道：「真的！妳那親戚現在怎麼樣？妳這話已對玲玉說過嗎？」宗瑩說：「我那親戚不久就從美國回來了，玲玉方面我約略說過，大約很有希望吧！」「哦！聽說妳那親戚從前曾和另外一個女子訂婚，有這事嗎？」露沙又接著問。宗瑩嘆道：「可不是嗎？現在正在離婚，那邊執意不肯，將來麻煩的日子有呢！」露沙說：「這恐怕還不成大問題，……只是玲玉和妳的親戚有否發生感情的可能，倒是個大問題呢？……聽說現在玲玉家裡正在介紹一個姓胡的，到底也不知什麼結果。」宗瑩道：「慢慢地再說吧！」現在已經下堂了。底下一課文學史，我們去聽聽吧！」她們就走向講堂去。

她們四個人先後走到成人的世界去了。從前的無憂無愁的環境，一天一天消失。感情的花，已如荼如火地開著，燦爛溫馨的色香，使她們迷戀，使她們嘗到甜蜜的愛的滋味，同時使她們了解苦惱的意義。

這一年暑假，露沙回到上海去，玲玉回到蘇州去，雲青和宗瑩仍留在北京。她們臨別的末一天晚上，約齊了住在學校裡，把兩張木床合併起來，預備四個人聯床談心。在傍晚的時候，她們在殘陽的餘輝下，唱著離別的歌兒道：

海濱故人

潭水桃花，故人千里，
離歧默默情深懸，
兩地思量共此心！
何時重與聯襟？
願化春波送君來去，
天涯海角相尋。

歌調蒼涼，她們的聲音越來越低，直至無聲，露沙嘆道：「十年讀書，得來只是煩惱與悲愁，究竟知識誤我，我誤知識？」雲青道：「真是無聊！記得我小的時候，看見別人讀書，十分羨慕，心想我若能有了知識，不知怎樣的快樂，若果知道越有知識，越與世界不相容，我就不當讀書自苦了。」宗瑩道：「誰說不是呢？就拿我個人的生活說吧！我幼年的時候，沒有兄弟姊妹，父母十分溺愛，也不許進學校，只請了一個位老學究，教我讀《毛詩》、《左傳》，閒時學作幾首詩。一天也不出門，什麼是世界我也不知道，覺得除依賴父母過我無憂無慮的生活外，沒有一點別的思想，那時在別人或者看我很可惜，甚至於覺得我很可憐，其實我自己倒一點不覺得。後來我有一個親戚，時常講些學校的生活，及各種常識給我聽，不知不覺中把我引到煩惱的路上去，從此覺得自己的生活，樣樣不對不舒服，千方百計和父母要求進學校。進了學校，人生觀完全變了。不容於親戚，不容於父母，一天一天覺得自己孤獨，什麼悲愁，什麼無聊，逐件發明了。……豈不是知識誤我嗎？」她們三人的談話，使玲玉受了極深的刺激，呆呆地站在鞦韆架旁，一語不發。雲青無意中望見，因撇了露沙、宗瑩走過來，拊在她的肩上說：「妳怎樣了？……有什麼不舒服嗎？」玲玉仍是默默無言，搖搖頭回過臉去，那眼淚便撲簌簌滾了下來。她們三人打斷了話頭，拉著她到櫛沐室裡，替她拭乾了淚痕，談些詼諧的話，才漸漸恢復了原狀。

到了晚上，她們四人睡在床上，不住地講這樣說那樣，弄到四點多鐘才睡著了。第二天下午露沙和玲玉乘京浦的晚車離開北京，宗瑩和雲青送到車站。當火車頭轉動時，玲玉已忍不住嗚咽起來。露沙生性古怪，她遇到傷心的時候，總是先笑，笑夠了，事情過了，她又慢慢回想著獨自垂淚。宗瑩雖喜言情，但她卻不好哭。雲青對於什麼事，好像都不足動心的樣子，這時對著漸去漸遠的露沙、玲玉，只是怔怔呆望，直到火車出了正陽門，連影子都不見了，她才微微嘆著氣回去了。

在這分別的期中，雲青有一天接到露沙的一封信說：

雲青：

人間譬如一個荷花缸，人類譬如缸裡的小蟲，無論怎樣聰明，也逃不出人間的束縛。回想臨別的那天晚上，我們所說的理想生活——海邊修一座精緻的房子，我和宗瑩開了對海的窗戶，寫偉大的作品；妳和玲玉到臨海的村裡，教那天真的孩子唸書，晚上次來，便在海邊的草地上吃飯，談故事，多少快樂——但是我恐怕這話，永久是理想的呵！妳知道宗瑩已深陷於愛情的漩渦裡，玲玉也有愛劍卿的趨勢。雖然這都是她們倆的事，至於我們呢？蔚然對於妳陷溺極深，我到上海後，見過他幾次，覺得他比從前沉悶多了。每每仰天長嘆，好像有無限隱憂似的。我屢次問他，雖不曾明說什麼，但對於妳的渴慕仍不時流露出來。雲青！妳究竟怎麼對付他呢？妳向來是理智勝於感情的，其實這也是她們不到的觀察，對於蔚然的誠摯，能始終不為所動嗎？況且妳對於蔚然的人格曾表示相信，那末妳所以拒絕他的，豈另有苦衷嗎？……

按說我的為人，在學校裡，同學都批評我極冷淡寡情，其實人間的蟲子，要想作太上的忘情，只是矯情罷了！不過有的人喜歡用情——即世上所謂的多情——有的不喜歡用情，一旦若是用了，更要比多情的深摯得多呢！我相信妳不是無情，只是深情，妳說是不是？
妳前封信曾問我梓青的事，在事實上我沒有和他發生愛情的可能，但愛情是沒有條件的。外來的桎梏，正未必能防範得住呢。以後的結果，實不可預料，只看上帝的意旨如何罷了。

露沙

雲青接到這封信，受了極大的刺激，用了兩天兩夜的思維，仍不能決定，她只得打電話叫宗瑩來商量。宗瑩問她對於蔚然本身有無問題，雲青答道：「我向來沒有和男子們交接，我覺得男子可以相信的很少，至於蔚然的人格，我始終信仰，不過我向來理智強於感情，這事的結果，若是很順當的，那末倒也沒什麼，若果我父母以為不應當……或者親戚們有閒話，那我寧可自苦一輩子，報答他的情義，叫我勉強屈就是做不到的。」

宗瑩聽完這話，沉想些時說：「我想妳本身若是沒有問題，那末就可以示意蔚然，叫他託人對妳父母提出，豈不妥當嗎？」雲青懶懶道：「大約也只有這麼辦了，……唉！真無聊……」她們商量妥當，宗瑩也就回去了。

傍晚的時候，蘭馨來找雲青，談話之間，便提到露沙。蘭馨說：「我前幾天聽見人說，露沙和梓青已發生戀愛了，但梓青已經結婚了，這事將來怎麼辦呢？」

雲青怔怔地看著牆上的風景畫出神，歇了半天說：「這或者是人們的謠傳吧！……我看露沙不至於這麼糊塗！」

「咦！妳也不要說這話，……固然露沙是極明白，不至於上當，但梓青的婚姻是父母強迫的，本沒有愛情可言，他縱對於露沙要求情愛，按真理說並不算大不道；不過社會上一般未免要說閒話罷了。……露沙最近有信嗎？」

「有信，對於這事，她也曾說過，但她的主張，怕不至於就會隨隨便便和梓青結婚吧？她向來主張精神生活的，就是將來發生結婚的事情，也總得有相當的機會。」

「其實她近年來，在社會上已很有發展的機會，還是不結婚好，不然埋沒了未免可惜……妳寫信還是勸她努力吧！」

她們正談著，一陣電話鈴響，原來是孤雲找蘭馨說話，因打斷了她們的話頭，蘭馨接了電話。孤雲要約她公園玩去，她於是辭了雲青到公園去。

雲青等她走後，便獨自坐在廊子底下，默默沉思，覺得：「人生真是有限，像露沙那種看得破的人，也不能自拔！宗瑩更不用說了……便是自己也不免宛轉因物！」雲青正在遐想的時候，只見聽差走進來說有客來找老爺，雲青因急急迴避了，到屋裡看了幾頁書，倦上來就收拾睡下。

第二天早晨。雲青才起來，她的父親就叫她去說話，她走進父親的書房，只見她父親皺著眉道：「妳認得趙蔚然嗎？」雲青聽了這話，頓時心跳血漲，囁嚅半天說：「聽見過這人的名字。」她父親點頭道：「昨天伊秋先生來，還提起他，我覺得這個人太懦弱了，而且相貌也不魁武，」一邊說著，一邊看著雲青，雲青只是低頭無言。後來她父親又道：「我對於妳的希望很大，妳應當努力預備些英文，將來有機會，到外國走走才是。」說到這裡，才慢慢站起來走了。

雲青怔怔望著窗外柳絲出神，覺有無限悵惘的情緒，縈繞心田，因到書案前，伸紙染毫寫信給露沙道：

露沙：

前信甫發，接書一慰，因連日心緒無聊，未能即復，抱歉之至！來書以處世多磨，苦海無涯為言，知露沙感喟之深，子固生性豪爽者，讀到「雄心壯志早隨流水去」之句，令人不忍為設地深思也。「不享物質之幸福，亦不願受物質之支配。」誠然！但求精神之愉快，閉門讀書，固亦雲唯一之希望，然豈易言乎？

宗瑩與師旭定婚有期矣，聞宗瑩因此事，與家庭衝突，曾陪卻不少眼淚。究竟何苦來？所謂「有情人都成眷屬」亦不過霎時之幻影耳。百年容易，眼見白楊蕭蕭，荒塚纍纍，誰能逃此大限？此誠「天下本無事庸人自擾之也。」渠結婚佳期聞在中秋，未知確否，果確，則一時之興尚望露沙能北來，共與其盛，未知如願否？

玲玉事仍未能解決，而兩方愛情則與日俱增，可憐！有限之精神，怎經如許消磨，玲玉為此事殊苦，不知冥冥之運命將何以處之也！嗟！嗟！造化弄人！

最後一段，欲不言而不得不言，此即蔚然之事，雲自幼即受禮教之熏染。及長已成習慣，縱新文化之狂浪，汩沒吾頂，亦難洗前此之遺毒，況父母對雲又非惡意，雲又安忍與抗乎？乃近聞外來傳言，又多誤會，以為家庭強制，實則雲之自身願為家庭犧牲，何能委責家庭。願露沙有以正之！至於蔚然處，亦望露沙隨時開導，雲誠不願陷人滋深，且願終始以友誼相重，其他問題都非所願聞，否則只得從此休矣！

思緒不寧，言失其序，不幸！不幸！不知無常之天道，伊於胡底也，此祝

健康！

雲青

雲青寫完信後，就到姑媽家找表姊妹們談話去了。

四

露沙由京回到上海以後，和玲玉雖隔得不遠，仍是相見苦稀，每天除陪了母親兄嫂姊妹談話，就是獨坐書齋，看書念詩。這一天十時左右，郵差送信來，一共有五六封，有一封是梓青的信，內中道：

露沙吾友：

又一星期不接妳的信了！我到家以來，只覺無聊。回想前些日子在京時，我到學校去找妳，雖沒有一次不是相對無言，但精神上已覺有無限的安慰，現

在並此而不能，悵惘何極！

上次妳的信說，有時想到將來離開了學校生活，而踏進惡濁的社會生活，不禁萬事灰心，我現雖未出校，已無事不灰心了！平時有說有笑，只是把灰心的事擱起，什麼讀書，什麼事業，只是於無可奈何中聊以自遣，何嘗有真樂趣！——我心的苦，知者無人——然亦未始並不幸中之幸，免得他們更和我格格不入了。

我於無意中得交著妳，又無意於短時間中交情深刻這步田地！這是我最滿意的事，唉！露沙！這的確是我們一線的生機！有無上的價值！

說到「人生不幸」，我是以為然而不敢深思的，我們所想望的生活，並不是烏托邦，不可能的生活，都是人生應得的生活；若使我們能夠得到應得的生活，雖不能使我們完全滿意，聊且滿意，於不幸的人生中，我們也就勉強自足了！露沙！我連這一層都不敢想到，更何敢提及根本的「人生不幸」！

妳近來身體怎樣，務望自重，有工夫多來信吧！此祝快樂！

梓青書

露沙接到信後，只感到萬種凄傷，把那信翻來覆去，看了無數遍，直到能背誦了，她還是不忍收起——這實在是她的常態，她生平喜思量，每逢接到朋友們的來信，總是這種情形——她悶悶不語，最後竟滴下淚來。本想即刻寫回信，恰巧蔚然來找，露沙才勉強拭乾眼淚，出來相見。

這時已是黃昏了，西方的豔陽餘輝，正射在玻璃窗上，由玻璃窗反折過來，正照在蔚然的臉上，微紅而黑的兩頰邊，似有淚痕。露沙很奇異地問道：「現在怎麼樣？」蔚然淒然說：「不知道為什麼，這幾天心緒惡劣，要想到西湖，或蘇州跑一趟，又苦於走不開，人生真是乾燥極了！」露沙只嘆了一聲，彼此緘默約有五分鐘，蔚然才問露沙道：「雲青有信嗎？……我寫了三封信去，她都沒有回我，不知道怎樣，妳若寫信時，替我問問吧！」露沙說：「雲青前幾天有信來，她曾叫我勸你另外打主意，她恐怕終究叫你失望……她那個人做事十分慎重，很可佩服，不過太把自己犧牲了！……你對她到底怎樣呢？」蔚然道：「我對於她當然是始終如一，不過這事也並不是勉強得來的，她若不肯，當然作罷，但請她不要以此介介，始終保持從前的友誼好了。」露沙說：「是呀！這話我也和她談過，但是她說為避嫌疑起見，她只得暫時和你疏遠，便是書信也擬暫時隔絕，等到你婚事已定後，再和你繼續前此友誼……我想雲青的心也算苦了。她對於你絕非無情，不過她為了父母的意見，寧可犧牲她的一生幸福……說到這裡，我又想起今年春假，雲青、玲玉、宗瑩、蓮裳，我們五個人，在天津住著。有一天夜裡，正是月色花影互相廝並，紅浪碧波，掩映鬥媚。那時候我們坐在日本的神壇的草地上，密談衷心，也曾提起這話，雲青曾說對於你無論如何，終覺抱歉，因為她固執的緣故，不知使你精神上受多少創痕，……但是她也絕非木石，所以如此的原因，不願受人訾議罷了。後來玲玉就說：這也沒有什麼訾議，現在比不得從前，婚姻自由本是正理，有什麼忌諱呢？雲青當時似乎很受了感動，就道：『好吧！我現在也不多管了。叫他去進行，能成也罷，不成也罷！我只能順事之自然，至於最後的奮鬥，我沒有如此大魄力——而且鬧起來，與家庭及個人都覺得說來不好聽……』當日我們的談話雖僅此而止，但她的態度可算得很明了。我想你如果有決心非她不可，你便可稍緩以待時機。」蔚然點頭道：「暫且不提好了。」

蔚然走後，玲玉恰好從蘇州來，邀露沙明天陪她到吳淞去接劍卿去。露沙就留她住在家裡，晚飯後閒談些時，便睡下了。第二天早晨才五點多鐘玲玉就從睡中驚醒，悄悄下了床梳好了頭。這時露沙也起來了，她們都收拾好了，已經到六點半。因乘車到火車站，距開車才有十分鐘忙忙買了車票，幸喜車上還有坐位。玲玉臉向車窗坐著，早晨豔陽射在她那淡紫色的衣裙上，嬌美無比，襯著她那似笑非笑的雙靨好像濃綠叢中的紫羅蘭。露沙對她怔怔望著，好像在那裡猜謎似的。玲玉回頭問道：「妳想什麼？你這種神情，襯著一身雪般的羅衣，直像那寶塔上的女石像呢！」露沙笑道：「算了吧！知道妳今天興頭十足，何必打趣我呢？」玲玉被露沙說得不好意思了。仍回過頭去，佯為不理。

半點鐘過去了，火車已停在吳淞車站。她們下了車，到泊船碼頭打聽，那隻美國來的船，還有兩三個鐘頭才進口。她們便在海邊的長堤上坐下，那堤上長滿了碧綠的青草。海濤怒嘯，綠浪澎湃，但四面寂寥。除了草底的鳴蛩，抑抑悲歌外，再沒有其他的音響和怒浪駭濤相應和了。

兩點多鐘以後，她們又回到碼頭上。只見許多接客的人，已擠滿了，再往海面一看，遠遠的一隻海船，開著慢車冉冉而來。玲玉叫道：「船到了！船到了！她們往前擠了半天，才站了一個地位，又等半天，那船才攏了岸。鼓掌的歡聲和呼喚的笑聲，立刻充溢空際。玲玉只怔怔向船上望著，望來望去終不見劍卿的影子，十分徬徨。只等到許多人都下了船，才見劍卿提著小皮包，急急下船來。玲玉走向前去，輕輕叫道：「陳先生！」劍卿忙放下提包，握著玲玉的手道：「哦！玲玉！我真快活極了，妳幾時來的？那一位是妳的朋友嗎？……」玲玉說：「是的！讓我給你介紹介紹，」因回過頭對露沙道：「這位是陳劍卿先生。」又向陳先生道：「這位是露沙女士。」彼此相見過，便到火車站上等車。玲玉問道：「陳先生的行李都安置了嗎？」劍卿道：「已都託付一個朋友了，我們便可一直到上海暢談竟日呢！」玲玉默默無言，低頭含笑，把一塊絹帕疊來疊去。露沙只聽劍卿縷述歐美的風俗人情。不久到了上海，露沙託故走了，玲玉和劍卿到半淞園去。到了晚上，玲玉仍回到露沙家時，住了一夜，第二天早上就回蘇州。

過了幾天，玲玉寄來一封信，邀露沙北上。這時候已經是八月的天氣，風涼露冷，黃花遍地，她們乘八月初三早車北上。在路上玲玉告訴露沙，這次劍卿向她求婚，已經不能再堅執了。現在已雙方求家庭的透過，露沙因問她劍卿離婚的手續已辦沒有。玲玉說：「據劍卿說，已不成問題，因為那個女子已經有信應允他。不過她的家人故意為難，但婚姻本是兩方同意的結合，豈容第三者出來勉強，並且那個女子已經到英國留學去了。……不過我總覺得有些對不住那個女子罷了！」露沙沉吟道：「妳倒沒什麼對不住她。不過劍卿據什麼條件一定要和這女子離婚呢？」玲玉道：「因為他們定婚的時候，並不是直接的，其間曾經第三者的介紹，而那個介紹人又不忠實，後來被劍卿知道了，當時氣得要死，立刻寫信回家，要求家裡替他離婚，而他的家庭很頑固，去信責備了他一頓，他想來想去沒有辦法，只有自己出馬，當時寫了一封信給那個女子，陳說利害。那個女子倒也明白，很爽快就答應了他，並且寫了一封信給她的家人，意思是說，婚姻大事，本應由兩個男女，自己做主，父母所不能強逼，現在劍卿既覺得和她不對，當然由他離異等語。不過她的家人，十分不快，一定不肯把訂婚的憑證退還，所以前此劍卿向我求婚，我都不肯答應。……但是這次他再三地哀求，我真無法了，只得答應了他。好在我們都有事業的安慰，對於這些事都可隨便。」露沙點頭道：「人世的禍福正不可定，能游嬉人間也未嘗不是上策呢？」

玲玉同露沙到北京之後，就在中學裡擔任些鐘點，這時她們已經都畢業了。雲青、宗瑩、露沙、玲玉都在北京，只有蓮裳到天津女學校教書去了。蓮裳在天津認識了一個姓張的青年，不久他們便發生了戀愛，在今年十月十號結婚，她們因約齊一同到天津去參與盛典。

蓮裳隨遇而安的天性，所以無論處什麼環境，她都覺得很快活。結婚這一天，她穿著天邊彩霞織就的裙衫，披著秋天白雲網成的軟綃，手裡捧著滿蓄著愛情的玫瑰花，低眉凝容，站在禮堂的中間。男女來賓有的嘖嘖讚好，有的批評她的衣飾。只有玲玉、宗瑩、雲青、露沙四個人，站在蓮裳的身旁，默默無言。彷彿蓮裳是勝利者的所有品，現在已被勝利者從她們手裡奪去一般，從此以後，往事便都不堪回憶！海濱的聯袂倩影，現在已少了一個。月夜的花魂不能再聽見她們五個人一齊的歌聲。她們越思量越傷心，露沙更覺不能支持，不到婚禮完她便悄悄地走了。回到旅館裡傷感了半天，直至玲玉她們回來了，她兀自淚痕不乾，到第二天清早便都回到北京了。

從天津回來以後，露沙的態度，再見消沉了。終日悶悶不語；玲玉和雲青常常勸她到公園散心去，露沙只是搖頭拒絕。人們每提到宗瑩，她便淚盈眼簾，淒楚萬狀！有一天晚上，月色如水，幽景絕勝，雲青打電話邀她家裡談話，她勉強打起精神，坐了車子，不到一刻鐘就到了。這時雲青正在她家土山上一塊雲母石上坐著，露沙因也上了山，並肩坐在那塊長方石上。雲青說：「今夜月色真好，本打算約玲玉、宗瑩我們四個人，清談竟夜，可恨劍卿和師旭把她們倆伴住了不能來——想想朋友真沒交頭，起初情感濃摯，真是相依為命，到了結果，一個一個都風流雲散了，回想往事，只恨多餘！怪不得我妹妹常笑我傻。我真是太相信人了！」露沙說：「世界上的事情，本來不過爾爾，相信人，結果固然不免孤零之苦，就是不相信人，何嘗不是依然感到世界的孤寂呢？總而言之，求安慰於善變化的人類，終是不可靠的，我們還是早些覺悟，求慰於自己吧！」露沙說完不禁心酸，對月怔望，雲青也覺得十分淒楚，歇了半天，才嘆道：「從前玲玉老對我說：同性的愛和異性的愛是沒有分別的，那時我曾駁她這話不對，她還氣得哭了，現在怎麼樣呢？」露沙說：「何止玲玉如此？便是宗瑩最近還有信對我說：『十年以後同退隱於西子湖畔』呢！那一句是可能的話，若果都相信她們的話，我們的後路只有失望而自殺罷了！」

她們直談到夜深更靜，仍不想睡。後來雲青的母親出來招呼她們去睡，她們才勉強進去睡了。

露沙從失望的經驗裡，得到更孤僻的念頭，便是對於最信仰的梓青，也覺淡漠多了。這一天正是星期六，七點多鐘的時候，梓青打電話來邀她看電影，她竟拒絕不去，梓青覺得她的態度就得很奇怪。當時沒說什麼，第二天來了一封信道：

露沙！

我在世界上永遠是孤零的呵！人類真正太慘刻了！任我流涸了淚泉，任我粉碎了心肝，也沒有一個人肯為我叫一聲可憐！更沒有人為我灑一滴半滴的同情之淚！便是我向日視為一線的光明，眼見得也是黯淡無光了！唉！露沙！若果妳肯明明白白告訴我說：「前頭沒有路了！」那末我絕不再向前多走一步，任這一錢不值的軀殼，隨萬丈飛瀑而去也好；並頹岩而同墮於千仞之深淵也好；到那時我一切顧不得了。就是殘苛的人類，打著得勝鼓宣布凱旋，我也只得任他了……唉！心亂不能更續，順祝

康健！

梓青

露沙看完這封信，心裡就像萬弩齊發，痛不可忍，伏在枕上嗚咽悲哭，一面自恨自己太怯弱了！人世的謎始終打不破，一面又覺得對不住梓青，使她傷感到這步田地，智情交戰，苦苦不休，但她天性本富於感情，至於平日故為曠達的主張，只不過一種無可如何的呻吟。到了這種關頭，自然仍要為情所勝了，況她生平主張精神的生活。她有一次給蓮裳一封信，裡頭有一段說：

「許多聰明人，都勸我說：『以妳的地位和能力，在社會上很有發展的機會，為什麼作繭自束呢？』這話出於好意者的口裡，我當然是感激他，但是一方我卻不能不怪他，太不諒人了！……若果人類生活在世界上，只有吃飯穿衣服兩件事，那末我早就葬身狂浪怒濤裡了，豈有今日？……我覺得宛轉因物，為世所稱倒不如行我所適，永垂罵名呢？乾枯的世界，除了精神上，不可制止情的慰安外，還有別的可滋生趣嗎？……」

露沙的志趣，既然是如此，那末對於梓青十二分懇摯的態度，能不動心嗎？當時拭乾了淚痕，忙寫了一封信，安慰梓青道：

梓青！

妳的來信，使我不忍卒讀！我自己已是世界上最不幸的人了！何忍再拉妳同入漩渦？所以我幾次三番，想使妳覺悟，舍了這九死一生的前途，另找生路，誰知妳竟誤會我的意思，說出那些痛心話來！唉！我真無以對妳呵！

我也知道世界最可寶貴，就是能彼此諒解的知己，我在世上混了二十餘年，不遇見妳，固然是遺憾千古，既遇見妳，也未嘗不是夙孽呢？……其實我生平是講精神生活的，形跡的關係有無，都不成問題，不過世人太苛毒了！對於我們這種的行徑，排斥不遺餘力，以為這便是大逆不道，含沙射影，使人難堪，而我們又都是好強的人，誰能忍此？因而我的態度常常若離若即，並非對妳信不過，誰知竟使妳增無限苦楚。唉！我除向妳誠懇地求恕外，還有什麼話可說！願你自己保重吧！何苦自戕過甚呢？祝妳

精神愉快！

露沙

梓青接到信後，又到學校去會露沙，見面時，露沙忽觸起前情，不禁心酸，淚水幾滴了下來，但怕梓青看見，故意轉過臉去，忍了半天，才慢慢抬起頭來。梓青見了這種神情，也覺十分淒楚，因此相對默默，一刻鐘裡一句話也沒有。後來還是露沙問道：「妳才從家裡來嗎？這幾天蔚然有信沒有？」梓青答道：「我今天一早就出門找人去了，此刻從於農那裡來，蔚然有信給於農，我這裡有兩三個禮拜沒接到他的信了。」露沙又問道：「蔚然的信說些什麼？」梓青道：「聽於農說，蔚然前兩個星期，接到雲青的信，拒絕他的要求後，苦悶到極點了，每天只是拚命地喝酒。醉後必痛哭，事情更是不能做，而他的家裡，因為只有他一個獨子，很希望早些結婚，因催促他向他方面進行，究竟怎麼樣還說不定呢！不過他精神的創傷也就夠了。……雲青那方面，妳不能再想法疏通嗎？」

「這事真有些難辦，雲青又何嘗不苦痛？但她寧願眼淚向心裡流，也絕不肯和父母說一句硬話。至於她的父母又不會十分瞭解她，以為她既不提起，自然並不是非蔚然不嫁。那末拿一般的眼光，來衡量蔚然這種沒有權術的人，自難入他們的眼，又怎麼知道雲青對他的人格十分信仰呢？我見這事，蔚然能放下，仍是放下吧！人壽幾何？容得多少磨折？」

梓青聽見露沙的一席話，點頭道：「其實雲青也太懦弱了！她若肯稍微奮鬥一點，這事自可成功……若果她是堅持不肯，我想還勸蔚然另外想法子吧！不然怎麼了呢？」說到這裡，便停頓住了，後來梓青又向露沙說：「……妳的信我還沒復妳，……都是我對不住妳，請妳不要再想吧！」說到這裡眼圈又紅了。露沙說：「不必再提了，總之不是冤家不對頭！……妳明天若有工夫，打電話給我，我們或者出去玩，免得悶著難受。」梓青道：「好！我明天打電話給妳，現在不早了，我就走吧。」說著站起來走了。露沙送他到門口，又回學校看書去了。

宗瑩本來打算在中秋節結婚，因為預備來不及，現在改在年底了。而師旭彷彿是急不可待，每日下午都在宗瑩家裡直談到晚上十點，才肯回去。有時和宗瑩攜手於公園的蒼松蔭下，有時聯舞於北京飯店跳舞場裡，早把露沙和雲青諸人丟在腦後了。有時遇到，宗瑩必縷縷述說某某夫人請宴會，某某先生請看電影，簡直忙極了，把昔日所談的求學著書的話，一概收起。露沙見了她這種情形，更覺格格不入。有時覺得實在忍不住了，因苦笑對宗瑩說：「我希望妳在快樂的時候，不要忘了妳的前途吧！」

宗瑩聽了這話，似乎很能感動她。但她確不肯認她自己的行動是改了前態，她必定說：「我每天下午還要念兩點鐘英文呢！」露沙不願多說，不過對於宗瑩的情感，一天淡似一天，從前一刻不離的態度，現在竟弄到兩三個星期不見面，縱見了面也是相對默默，甚至於更引起露沙的傷感。

宗瑩結婚的上一天晚上，露沙在她家裡住下，宗瑩自己繡了一對枕頭，還差一點不曾完工，露沙本不喜歡作這種瑣碎的事，但因為宗瑩的緣故，努力替她繡了兩個玫瑰花瓣。這一夜她們家裡的人忙極了，並且還來了許多親戚，來看她試妝的。露沙嫌煩，一個人坐在她父親的書房，替她作枕頭。後來她父親走了進來，和她談話之間，曾嘆道：「宗瑩真沒福氣呵！我替她找一個很好的丈夫她不要，唉！若果你們學校的人，有和那個姓祝的結婚，真是幸福！不但學問好，而且手腕極靈敏，將來一定可以大闊的。……他待宗瑩也不算薄了，誰知宗瑩竟看不上他！」露沙不好回答什麼，只是含笑唯諾而已。等了些時她父親出去了，宗瑩打發老媽子來請露沙吃飯。露沙放下針線，隨老媽子到了堂房，許多豔裝麗服的女客，早都坐在那裡，露沙對大家微微點頭招呼了，便和宗瑩坐一處。這時宗瑩收拾得額覆鬈髮，凸凹如水上波紋，耳垂明璫，燦爛與燈光爭耀，身上穿著玫瑰紫的緞袍，手上戴著訂婚的鑽石戒指，銳光四射。露沙對她不住地端相，覺得宗瑩變了一個人。從前在學校時，彷彿是水上沙鷗，活潑清爽。今天卻像籠裡鸚鵡，毫無生氣，板板地坐在那裡，任人凝視，任人取笑，她只低眉默默，陪著那些釵光鬢影的女客們吃完飯。她母親來替她把結婚時要穿的禮服，一齊換上。祖宗神位前麵點起香燭，鋪上一塊大紅氈子。叫人扶著宗瑩向上叩了三個頭。後來她的姑母們，又把她父母請出來，宗瑩也照樣叩了三個頭。其餘別的親戚們也都依次拜過。又把她扶到屋裡坐著。露沙看了這種情形，好像宗瑩明天就是另外一個人了，從前的宗瑩已經告一結束，又見她的父母都淒淒悲傷，更禁不住心酸，但人前不好落淚，仍舊獨自跑到書房去，痛痛快快流了半天眼淚。後來客人都散了，宗瑩來找她去睡覺。她走進屋子，一言不發，忙忙脫了外頭衣服，上床臉向裡睡下。宗瑩此時也覺得有些淒惶，也是一言不發地睡下，其實各有各的心事，這一夜何曾睡得著。第二天天才朦朧，露沙回過臉來，看見宗瑩已醒。她似醉非醉，似哭非哭道地：「宗瑩！從此大事定了！」說著涕淚交流。宗瑩也覺得從此大事定了的一句話，十分傷心，不免伏枕嗚咽。後來還是露沙怕宗瑩的母親忌諱，忙忙勸住宗瑩。到七點鐘大家全都起來了，忙忙地收拾這個，尋找那個，亂個不休。到十二點鐘，迎親的軍樂已經來了，那種悲壯的聲調，更覺得人肝腸裂碎。露沙等宗瑩都裝飾好了，握著她的手說：「宗瑩！願妳前途如意！我現在回去了，禮堂上沒有什麼意思，我打算不去，等過兩天我再來看妳吧！」宗瑩只低低應了一聲，眼圈已經紅潤了，露沙不敢回頭，一直走了。

露沙回到家裡，懨懨似病，飲食不進，悶悶睡了兩天。有一天早起家裡忽來一紙電報，說她母親病重，叫她即刻回去。露沙拿著電報，又急又怕，全身的血脈，差不多都凝住了，只覺寒戰難禁。打算立刻就走，但火車已開過了，只得等第二天的早車。但這一下半天的光陰，真比一年還難挨。盼來盼去，太陽總不離樹梢頭，再一想這兩天一夜的旅程，不獨淒寂難當，更怕趕不上與慈母一面，疑怕到這裡，心頭陣陣酸楚，早知如此，今年就不當北來？

好容易到了黃昏。宗瑩和雲青都聞信來安慰她，不過人到真正憂傷的時候，安慰絕不生效果，並且相形之下，更觸起自己的傷心來。

夜深了，她們都回去，露沙獨自睡在床上，思前想後，記得她這次離家時，母親十分不願意，臨走的那天早起，還親自替她收拾東西，叮囑她早些回來，——如果有意外之變，將怎樣？她越思量越淒楚！整整哭了一夜，第二天早起，匆匆上了火車。蓮裳這時也在北京，她到車站送她，蓮裳悄然的神情，使露沙陡懷起，距此兩年前，那天正是夜月如水的時候，她到蓮裳家裡，問候她母親的病，誰知那時她母親正斷了氣。蓮裳投在她懷裡，哀衷地哭道：「我從今以後沒有母親了！」呵！那時的淒苦，已足使她淚落聲咽。今若不幸，也遭此境遇，將怎麼辦？覺得自己的身世真是可憐，七歲時死了父親，全靠阿母保育教養。有缺憾的生命樹，才能長成到如今，現在不幸的消息，又臨到頭上。……若果再沒有母親，伶仃的身世，還有什麼勇氣和生命的阻礙爭鬥呢？她越想越可怕，禁不住握著蓮裳的手，嗚咽痛哭。蓮裳見景傷情，也不免懷母陪淚，但她還極誠摯地安慰她說：「妳不要傷心，伯母的病或者等妳到家已經好了，也說不定……並且這一路上，妳獨自一個，更須自己保重，倘若急出病來，豈不更使伯母懸心嗎？」露沙這時卻不過蓮裳的情，遂極力忍住悲聲。

後來雲青和永誠表妹都來了。露沙見了她們，更由不得傷心，想每回南旋的時候，雖說和她們總不免有惜別的意思，但因抱著極大的希望——依依於阿母肘下，同兄嫂妹妹等圍繞於阿母膝前如何的快活，自然便把離愁淡忘了，旅程也不覺淒苦了。但這一次回去，她總覺得前途極可怕，恨不得立時飛到阿母面前。而那可恨的火車，偏偏遲遲不開，等了好久，才聽鈴響，送客的人紛紛下車，宗瑩、蓮裳她們也都和她握手言別，她更覺自己伶仃得可憐，不免又流下淚來。

在車上只是昏昏懨懨，好容易盼到天黑，又盼天亮，唸到阿母病重，就如墮身深淵，渾身起栗，淚落不止。

不久車子到了江邊，她獨自下了車，只覺渾身疲軟，飄飄忽忽上了渡船。在江裡時，江風尖利，她的神志略覺清爽，但望著那奔騰的江浪，只覺到自己前途的孤零和驚怕，唉！上帝！若果這時明白指示她母親已經不在人間了，她一定要藉著這海浪綴成的天梯，去尋她母親去……

過了江，上了滬寧車，再有六七個鐘頭到家了，心裡似乎有些希望，但是驚懼的程度，更加甚了，她想她到家時，或者阿母已經不能說話了，她心裡要怎樣的難受？……但她又想上帝或不至如此絕人——病是很平常的事，何至於一病不起呢？

那天的車偏偏又誤點了，到上海已經十二點半鐘，她急急坐上車奔回家去。離家門不遠了，而急迫和憂疑的程度，也逐層加增，只有極力噓氣，使她的呼吸不至壅塞。車子將轉彎了，家門可以遙遙望見，母親所住的屋子，樓窗緊閉，燈火全熄，再一看那兩扇黑門上，糊著雪白的喪紙。她這時一驚，只見眼前一黑，便昏暈在車上了，過了五分鐘才清醒過來。等不得開門，她已失聲痛哭了。等到哥哥出來開門時，麻衣如雪，涕淚交下，她無力地撲在靈前，哀哀喚母，但是桐棺三寸，已隔人天。露沙在靈前。哭了一夜，第二天更不支，竟寒熱交作臥病一星期，才漸漸好了。

露沙在母親的靈前守了一個月，每天對著阿母的遺照痛哭，朋友們來函勸慰，更提起她的傷心。她想她自己現在更沒牽掛了，把從前朋友們寫的信，都從書箱裡拿出來，一封封看過，然後點起一把火燒了。覺得眼前空明，心底乾淨。並且決心任造物的播弄，對於身體毫不保重，生死的關頭，已經打破。有一天夜裡她夢見她的母親來了，彷彿記起她母親已死，痛哭起來，自己從夢中驚醒。掀開帳子一看，星月依稀，四境淒寂，悄悄下了床，把電燈燃起，對著母親的照相又痛哭了一場。然後含淚寫了一封信給梓青道：

梓青！

可憐無父之兒復抱喪母之恨，蒼天何極，絕人至此——清夜挑燈，血淚沾襟矣！

人生朝露，而憂患偏多，自念身世，愴懷無限，阿母死後，益少生趣。沙非敢與造物者抗，似雨後梨花，不禁摧殘，後此作何結局，殊不可知耳！目下喪事已楚，友輩頻速北上，沙亦不願久居此地，蓋觸景傷情，悲愁益不勝也！梓青來函，責以大義，高誼可感。唯沙經此折磨，灰冷之心，有無復燃之望，實不敢必。此後唯飄泊天涯，消沉以終身，誰復有心與利祿徵逐，隨世俗浮沉哉，望梓青勿復念我，好自努力可也。

沙已決明旦行矣。申江雲樹，不堪回首，嗟乎？冥冥天道，安可論哉？……

露沙寫完信後，天已發亮。因把行李略略檢楚，她的哥哥妹妹都到車站送她。臨行淒涼，較昔更甚，大家酒淚而別。露沙到京時，雲青曾到車站接她，並且告訴她，宗瑩結婚後不到一個月，便患重病，現在住在醫院裡。露沙覺得人生真太無聊了！黃金時代已過，現在好像秋後草木，只有飄零罷了？

玲玉這時在上海，來信說半年以內就要結婚，露沙接信後，不像前此對於宗瑩、蓮裳那種動心了，只是淡淡寫了一封賀她成功的信。這時露沙昔日的朋友，一個個都星散了。北京只剩了一個雲青和久病的宗瑩，至於孤雲和蘭馨，雖也在北京，但露沙輕易不和她們見面，所以她最近的生活，除了每天到學校裡上課外，回來只有昏睡。她這時住在舅舅家裡，表妹們看見她這樣，都覺得很可憂的。想盡種種方法，來安慰她，不但不能止她的愁，而且每一提起，她更要痛哭。她的表妹知道她和梓青極好，恐怕能安慰她的只是他了，因給梓青寫了一封信道：

梓青先生：

我很冒昧給你寫信，你一定很奇怪吧？你知道我表姊近來的狀況怎樣嗎？她自從我姑母死後，更比從前沉默了！每天的枕頭上的淚痕，總是不乾的，我們再三地勸慰，終無益於事，而她的身體本來不好，哪經得起此種的殷憂呢？你是她很好的朋友，能不能想個法子安慰她？我盼望你早些北來，或者可稍煞她的悲懷！

我們一家人，都為她擔憂，因為她向來對於人世，多抱悲觀，今更經此大故，難保沒有意外的事情發生。……要說起她，也實在可憐，她自幼所遇見的事，已經很使她感覺世界的冷苛，現在母親又棄她而去，一個人四海飄泊，再有勇氣的人，也不禁要志餒心灰呵！你有方法轉移她的人生觀嗎？盼望得很，再談吧！此祝

康樂！

露沙的表妹上

露沙這一天早起，覺得頭腦十分沉悶，因走到院子裡站了半晌，才要到屋裡去梳頭，聽差的忽進來告訴她說，有一個姓朱的來訪。她想了半天，不知道是誰，走到客廳，看見一個女子，面上微麻，但神情眼熟得很，好像見過似的，凝視了半天，才駭然問道：「妳是心悟嗎？我們三年多不見了！……妳從哪裡來？前些日子竹蓀有信來，說妳去年出天花，很危險，現在都康全了？」心悟愴然道：「人事真不可料，我想不到活到二十幾歲，還免不了出這場天災，我早想寫信給妳，但我自病後心情灰冷，每

逢提筆寫信，就要觸動我的傷感。人們都以為我病好了，來稱賀我！其實能在那時死了，比這樣活著強得多呢！」露沙說：「災病是人生難免的，好了自然值得稱賀，妳為什麼說出這種短氣的話來？」心悟被露沙這麼一問，彷彿受了極大的刺激般，低頭哽咽，歇了半天，她才說：「我這病已經斷送了我夢想的前途，還有什麼生趣？」露沙不明白她的意思，只為不過她一時的感觸，不願多說，因用別的話叉開，談了些江浙的風俗，心悟也就走了。

過了幾天，蘭馨來談，忽問露沙說：「妳知道妳朋友朱心悟已經解除婚約了嗎？」露沙驚道：「這是怎麼一回事，怪道那天她那樣情形呢！」蘭馨因問什麼情形，露沙把當日的談話告訴她。蘭馨嘆道：「做人真是苦多樂少，像心悟那樣好的人，竟落到這步田地？真算可憐！心悟前年和一個青年叫王文義的訂婚，兩個人感情極好，已經結婚有期，不幸心悟忽然出起天花來，病勢十分沉重，直病了四個多月才好。好了之後臉上便落了許多麻點，其實這也算不得什麼，偏偏心悟古怪心腸，她說：『男子娶妻，沒一個不講究容貌的，王文義當日再三向她求婚，也不過因愛她的貌，現在貌既殘缺，還有什麼可說，王文義縱不好意思，提出退婚的話，而他的家人已經有閒話了。與其結婚後使王文義不滿意，倒不如先自己退婚呢！』心悟這種的主張發表後，她的哥哥曾勸止她，無奈她執意不肯，無法只得照她的話辦了。王文義起初也不肯答應，後來經不起家人的勸告，也就答應了。離婚之後心悟雖然達到目的，但從此她便存心逃世，現在她哥哥姊妹們都極力勸她。將來怎麼樣，還說不定呢！」蘭馨說完了，露沙道：「怎麼年來竟是這些使人傷心的消息呵！心悟從前和我在中學同校時，是個極活潑勇進的人，現在只落得這種結果，唉！前途茫茫，怎能不使人望而生畏！」不久蘭馨走了。露沙正要去看心悟，郵差忽送來一封信，是梓青寄的。她拆開看道：

露沙！露沙！

妳真忍決心自戕嗎？固然世界上的人都是殘忍的，但是妳要想到被造物所播弄的，不止妳一個人呵，妳縱不愛惜自己，也當為那同病的人，稍留餘地！妳若絕決而去，那同病者豈不更感孤零嗎？

露沙！我唯有自恨自傷，沒有能力使妳減少悲懷，但是妳曾應許我做妳唯一的知己，那末妳到極悲痛的時候，也應為我設想，若果妳竟自絕其生路，我的良心當受何種酷責？唉！露沙！在形式上，我固沒有資格來把妳孤寂的生活，變熱鬧了。而在精神上，我極誠懇地求妳容納我，把我火熱的心魂，伴著妳蕭條空漠的心田，使她開出燦爛生趣的花，我縱因此而受任何苦楚，都不覺悔的。露沙！妳應允我吧！

我到京已兩日，但事忙不能立時來會妳，明天下午我一定到妳家裡來，請妳不要出去。別的面談，祝妳快活！

梓青

露沙看過信後，不免又傷感了一番，但覺得梓青待她十分誠懇，心裡安慰許多。第二天梓青來看她，又勸她好些話，並拉她到公園散步，露沙十分感激他，因對梓青道：「我此後的幾月，只是為你而生！」梓青極受感動，一方面覺得露沙引自己為知己，是極榮幸的，但一方面想到那不如意的婚姻，又萬感叢集，明知若無這層阻礙，向露沙求婚，一定可操左券，現在竟不能。有一次他曾向露沙微露要和他妻子離婚的意思，露沙淒然勸道：「身為女子，已經不幸！若再被人離棄，還有生路嗎？況且因為我的緣故，我更何心？所謂我雖不殺伯仁，伯仁由我而死，不但我自己的良心無以自容，就是你也有些過不去，……不過我們相知相諒，到這步田地，申言絕交，自然是矯情。好在我生平主張精神生活，我們雖無形式的結合，而兩心相印，已可得到不少安慰。況且我是劫後余灰，絕無心情，因結婚而委身他人，若果天不絕我們，我們能因相愛之故，在人類海裡，翻起一堆巨浪，也就足以自豪了！」梓青聽了這話，雖極相信露沙是出於真誠，但總覺得是美中不足，仍不免時時悵惘。

過了幾個月，蔚然從上海寄來一張紅帖，說他已與某女士訂婚了，這帖子一共是兩張，一張是請她轉寄給雲青的，雲青接到帖子以後，曾作了一首詩賀蔚然道：

燕語鶯歌，
不是讚美春光嬌好，
是賀你們好事成功了！
祝你們前途如花之燦爛！
謝你們釋了我的重擔！

雲青自得到蔚然訂婚消息後，轉比從前覺得安適了，每天努力讀書，閒的時候，就陪著母親談話，或教弟妹識字，一切的交遊都謝絕了，便是露沙也不常見。有時到醫院看看宗瑩的病，宗瑩病後，不但身體孱弱，精神更加萎靡，她曾對露沙說：「我病若好了，一定極力行樂，人壽幾何？並且像我這場大病，不死也是僥倖！還有什麼心和世奮鬥呢？」露沙見她這種消沉，雖有淒楚，也沒什麼話可說。

過了半年宗瑩病雖好了，但已生了一個小孩子，更不能出來服務了。這時雲青全家要回南。雲青在北京讀書，本可不回去，但因她的弟妹都在外國求學，母親在家無人侍奉，所以她決計回去。當臨走的前一天，露沙約她在公園話別。她們到公園時才七點鐘，露沙揀了海棠蔭下的一個茶座，邀雲青坐下。這時園裡遊人稀少，晨氣清新，一個小女娃，披著滿肩柔髮，穿著一件洋式水紅色的衣服，露出兩個雪白的膝蓋，沿著荷池，跑來跑去，後來蹲在草地上，採了一大堆狗尾巴草，隨身坐在碧綠的草上，低頭凝神編玩意。露沙對著她怔怔出神，雲青也仰頭向天上之行雲望著，如此靜默了好久，雲青才說：「今天蘭馨原也說來的，怎麼還不見到？」露沙說：「時候還早，再等些時大概就來了。……我們先談我們的吧！」雲青道：「我這次回去以後，不知我們什麼時候再見呢？」露沙說：「我總希望妳暑假後再來！不然你一個人回到孤僻的家鄉，固然可以遠世慮，但生氣未免太消沉了！」雲青淒然道：「反正做人是消磨歲月，北京的政局如此，學校的生活也是不安定，而且世途多難，我們又不慣與人徵逐，倒不如回到鄉下，還可以享一點清閒之福。閉門讀書也未嘗不是人生樂事！」她說到這裡，忽然頓住，想了一想又問露沙道：「妳此後的計畫怎樣？」露沙道：「我想這一年以內，大約還是不離北京，一方面仍理我教員的生涯，一方面還想念點書，一年以後若有機會，打算到瑞士走走，總而言之，我現在是赤條條無牽掛了。做得好呢，無妨繼續下去，不好呢，到無路可走的時候，碧玉宮中，就是我的歸局了。」雲青聽了這話，露出很悲涼的神氣嘆道：「算想不到人事變幻到如此地步，兩年前我們都是活潑極的小孩子，現在嫁的嫁，走的走，再想一同在海邊上游樂，真是做夢。現在蓮裳、玲玉、宗瑩都已有結果，我們前途茫茫，還不知如何呢？……我大約總是為家庭犧牲了。」露沙插言道：「還不至如是吧！妳縱有這心，妳家人也未必容你如此。」雲青道：「那倒不成問題，只要我不點頭，他們也不能把我怎樣。」露沙道：「人生行樂罷了，也何必過於自苦！」雲青道：「我並不是自苦……不過我既已經過一番磨折，對於情愛的路途，已覺可怕，還有什麼興趣再另外作起？……昨天我到叔叔家裡，他曾勸我研究佛經，我覺得很好，將來回家鄉後，一切交遊都把它謝絕，只一心一意讀書自娛，至於外面的事，一概不願聞問。若果你們到南方的時候，有興來找我，我們便可在堤邊垂釣，月下吹簫，享受清雅的樂趣，若有興致，做些詩歌，不求人知，只圖自娛。至於對社會的貢獻，也只看機會許我否，一時尚且不能決定。」

她們正談到這裡，蘭馨來了，大家又重新入座，蘭馨說：「我今天早起有些頭昏，所以來遲！妳們談些什麼？」雲青說：「反正不過說些牢騷悲抑的話。」蘭馨道：「本來世界上就沒有不牢騷的人，何怪人們愛說牢騷話！……但是我比妳們更牢騷呢！妳知道嗎？我昨天又和孤雲生了一大場氣。孤雲的脾氣可算古怪透了。幸虧是我的性子，能處處俯就她，才能維持這三年半的交誼，若是遇見露沙，恐怕早就和她絕交了！」雲青道：「妳們昨天到底為什麼事生氣呢？」蘭馨嘆道：「提起來又可笑又可氣，昨天我有一個親戚，從南邊來，我請他到館子吃飯。我就打電話邀孤雲來，因為我這親戚，和孤雲家裡也有來往，並且孤雲上次回南時也曾會過他，所以我就邀她來。誰知她在電話裡冷冷道地：『我一個人不高興跑那麼遠去。』其實她家住在東城，到西城也並不遠，不過半點鐘就到了！——我就說：『那末我來找妳一同去吧！』她也就答應了。後來我巴巴從西城跑到東城，陪她一齊來，我待她也就沒什麼對不住她了。誰知我到了她家，她仍是做出十分不耐煩的樣子說：『這怪熱的天我真懶出去。』我說：『今天還不大熱，好在路並不十分遠，一刻就到了。』她聽了這話才和我一同走了。到了飯館，她只低頭看她的小說，問她吃什麼菜，她皺著眉頭道：『隨便你們挑吧。』那末我就挑了。吃完飯後，我們約好一齊到公園去。到了公園我們正在談笑，她忽然板起臉來說：『我不耐煩在這裡老坐著，我要回去，你們在這裡暢談吧！』說完就立刻嚷著『洋車！洋車！』我那親戚看見她這副神氣，很不好過，就說：『時候也不早了，我們一齊回去吧。』孤雲說：『不必！你們談得這麼高興，何必也回去呢？』我當時心裡十分難過，覺得很對不住我那親戚，使人家如此難堪！……一面又覺得我真不值！我自和她交往以來，不知賠卻多少小心！在我不過覺得朋友要好，就當全始全終……並且我的脾氣，和人好了，就不願和人壞，她一點不肯原諒我，我想想真是痛心！當時我不好發作，只得忍氣吞聲，把她招呼上車，別了我那親戚，回學校去。這一夜我簡直不曾睡覺，想起來就覺傷心，」她說到這裡，又對露沙說：「我真信妳說的話，求人諒解是不容易的事！我為她不知精神受多少痛楚呢！」

雲青道：「想不到孤雲竟怪僻到這步田地。」露沙道：「其實這種朋友絕交了也罷！……一個人最難堪的是強不合而為合，妳們這種的勉強維持，兩方都感苦痛，究竟何苦來？」

蘭馨沉思半天道：「我從此也要學露沙了！……不管人們怎麼樣，我只求我心之所適，再不輕易交朋友了。雲青走後可談的人，除了妳（向露沙說）也沒有別人，我倒要關起門來，求慰安於文字中。與人們交接，真是苦多樂少呢！」雲青道：「世事本來是如此，無論什麼事，想到究竟都是沒意思的。」

她們說到這裡，看看時候已不早，因一齊到來今雨軒吃飯。飯後雲青回家，收拾行裝，露沙、蘭馨和她約好了，第二天下午三點鐘車站見面，也就回去了。

雲青走後，露沙更覺得無聊，幸喜這時梓青尚在北京，到苦悶時，或者打電話約他來談，或者一同出去看電影。這時學校已放了暑假，露沙更閒了，和梓青見面的機會很多，外面好造謠言的人，就說她和梓青不久要結婚，並且說露沙的前途很危險，這話傳到露沙耳裡，十分不快，因寫一封信給梓青說：

梓青！

吾輩夙以坦白自勉，結果竟為人所疑，黑白倒置，能無悵帳！其實此未始非我輩自苦，何必過尊重不負責任之人言，使彼喜含毒噴人者，得逞其伎倆，弄其狡獪哉？

沙履世未久，而懷懼已深！覺人心險惡，甚於蛇蠍！地球雖大，竟無我輩容身之地，欲求自全，只有去此濁世，同歸於極樂世界耳！唉！傷哉！

沙連日心緒惡劣，蓋人言嘖嘖，受之難堪！不知梓青亦有所聞否？世途多艱，吾輩將奈何？沙怯懦勝人，何況刺激頻仍，脆弱之心房，有不堪更受驚震之憂矣！梓青其何以慰我？臨楮淒惶，不盡欲言，順祝康健！

露沙上

梓青接到信後，除了極力安慰露沙外，亦無法制止人言。過了幾個月，梓青因友人之約，將要離開北京，但是他不願抛下露沙一個人，所以當未曾應招之前，和露沙商量了好幾次。露沙最初聽見他要走，不免覺得悵悵，當時和梓青默對至半點鐘之久，也不曾說出一句話來。後來回到家裡，獨自沉沉想了一夜，覺得若不叫梓青去，與他將來發展的機會，未免有礙，而且也對不起社會，想到這裡，一種激壯之情潮湧於心。第二天梓青來，露沙對他說：「你到南邊去的事情，你就決定了吧！我覺得這個機會，很可以施展你生平的抱負，……至於我們暫時的分別，很算不了什麼，況我們的愛情也當有所寄託，若徒徒相守，不但日久生厭，而且也不是我們的夙心。」梓青聽了這話，仍是猶疑不決道：「再說吧！能不去我還是不去。」露沙道：「你若不去，你就未免太不諒解我了！」說著淒然欲泣，梓青這才說：「我去就是了！妳不要難受吧！」露沙這才轉悲為喜，和他談些別後怎樣消遣，並約年假時梓青到北京來。他們直談到日暮才別。

雲青回家以後曾來信告訴露沙，她近來生活十分清靜，並且已開始研究佛經了，出世之想較前更甚，將來當買田造廬於山清水秀的地方，侍奉老母，教導弟妹，十分快樂。露沙聽見這個消息，也很覺得喜慰，不過想到雲青所以能達到這種的目的，因為她有母親，得把全副的心情，都寄託在母親的愛裡，若果也像自己這樣飄零的身世，……便怎麼樣？她想到這裡不禁又傷感起來。

有一天露沙正在書房，看《茶花女遺事》，忽接到雲青的來信，裡頭附著一篇小說。露沙打開一看，見題目是《消沉的夜》其內容是：——

「只見慘綠色的光華，充滿著寂寞的小園，西北角的榕樹上，宿著啼血的杜鵑，淒淒哀鳴，樹蔭下坐著個年約二十三四的女郎，凝神仰首。那時正是暮春時節，落花亂瓣，在清光下飛舞，微風吹皺了一池的碧水。那女郎沉默了半晌，忽輕輕嘆了一口氣，把身上的花瓣輕輕拂拭了，走到池旁，照見自己消瘦的容顏，不覺吃了一驚，暗暗嘆道：『原來已憔悴到這步田地！』她如悲如怨，倚著池旁的樹幹出神，迷忽間，彷彿看見一個似曾相識的青年，對她苦笑，似乎說：『我赤裸裸的心，已經被你拿去了，現在你竟要弄了我！唉！』那女郎這時心裡一痛，睜眼一看，原來不是什麼青年，只是那兩竿翠竹，臨風搖擺罷了。

這時月色已到中天，春寒兀自威凌逼人，她便慢慢踱進屋裡去了，屋裡的月光，一樣的清涼如水，她便擁衣睡下。朦朧之間，只見一個女子，身披白絹，含笑對她招手，她便跟了去。走到一所樓房前，樓下屋窗內，燈光亮極，她細看屋裡，有一個青年的女子，背燈而坐，手裡正拿著一本書，側首凝神，好像聽她旁邊坐著的男子講什麼似的，她看那男子面容極熟，就是那個瘦削身材的青年，她不免將耳頭靠在窗上細聽。只聽那男子說：『……我早應當告訴妳，我和那個女子交情的始末。她行止很端莊，性情很溫和，若果不是因為她家庭的固執，我們一定可以結婚了。……不過現在已是過去的事，我述說愛她的事實，妳當不至怒我吧！』那青年說到這裡，回頭望著那女子，只見那女子含笑無言……歇了半晌那女子才說：『我倒不怒你向我述說愛她的事實，我只怒你為什麼不始終愛她呢？』那青年似露著悲涼的神情說：『事實上我固然不能永遠愛她，但在我的心裡，卻始終沒有忘了她呢！……』她聽到這裡，忽然想起那人，便是從前向她求婚的人，他所說女子，就是自己，不覺想起往事，心裡不免淒楚，因掩面悲泣。忽見剛才引她來的白衣女郎，又來叫她道：『已往的事，悲傷無益，但你要知道許多青年男女的幸福，都被這戴紫金冠的魔鬼剝奪了！妳看那不是祂又來了！』她忙忙向那白衣女郎手指的地方看去，果見有一個青面獠牙的惡鬼，戴著金碧輝煌的紫金冠。那金冠上有四個大字是『禮教勝利』。她看到這裡，心裡一驚就醒了，原來是個夢，而自己正睡在床上，那消沉的夜已經將要完結了，東方已經發出清白色了。」

露沙看完雲青這篇小說，知道她對蔚然仍未能忘情，不禁為她傷感，悶悶枯坐無心讀書。後來蘭馨來了，才把這事忘懷。蘭馨告訴她年假要回南，問露沙去不去，露沙本和梓青約好，叫梓青年假北來，最近梓青有一封信說他事情太忙，一時放不下，希望露沙南來，因此露沙就答應蘭馨，和她一同南去。

到南方後，露沙回家，到父母的墳上祭掃一番，和兄妹盤桓幾天，就到蘇州看玲玉。玲玉的小家庭收拾得很好，露沙在她家裡住了一星期。後來梓青來找她，因又回到上海。

有一天下午，露沙和梓青在靜安寺路一帶散步，梓青對露沙說：「我有一件事要和擬商量，不知肻答應我不？」露沙說：「你先說來再商量好了。」梓青說：「我們的事業，正在發軔之始，必要每個同志集全力去作，才有成熟的希望，而我這半年試驗的結果，覺得能實心踏地做事的時候很少，這最大的原因，就是因為懸懷於妳……所以我想，我們總得想一個解決我們根本問題的方法，然後才能談到前途的事業。」露沙聽了這話，呻吟無言，……最後只說了一句：「我們從長計議吧！」梓青也不往下說去，不久他們回去了。

過了幾個月，雲青忽接到露沙一封信道：

雲青！

別後音書苦稀，只緣心緒無聊，握管益增悵惘耳。前接來函，借悉雲青鄉居清適，欣慰無狀！沙自客臘南旋，依舊愁怨日多，歡樂時少，蓋飄萍無根，正未知來日作何結局也！時晤梓青，亦鬱悒不勝；唯沙生性爽宕，明知世路險峻，前途多難，而不甘躑躅歧路，抑鬱瘦死。前與梓青計劃竟日，幸已得解決之策，今為雲青陳之。

曩在京華沙不曾與雲青言乎？梓青與沙之情愛，成熟已久，苦環境順適，早賦於飛矣，乃終因世俗之梗，夙願莫遂！沙與梓青非不能剷除禮教之束縛，樹神聖情愛之旗幟，特人類殘苛已極，其毒焰足逼人至死！是可懼耳！

日前曾與梓青，同至吾輩昔游之地，碧浪滔滔，風響淒淒，景色猶是，而人事已非，悵望舊遊，都作雨後梨花之飄零，不禁酸淚沾襟矣！

吾輩於海濱徘徊竟日，終相得一佳地，左繞白玉之洞，右臨清溪之流，中構小屋數間，足為吾輩退休之所，目下已備價購妥，只待鳩工造廬，建成之日，即吾輩努力事業之始。以年來國事蜩螗，固為有心人所同悲。但吾輩則志不斯，唯欲於此中留一愛情之紀念品，以慰此乾枯之人生，如果克成，當攜手言旋，同逍遙於海濱精廬；如終失敗，則於月光臨照之夜，同赴碧流，隨三閭大夫游耳。今行有期矣，悠悠之命運，誠難預期，設吾輩卒不歸，則當留此廬以餉故人中之失意者。

宗瑩、玲玉、蓮裳諸友，不另作書，幸雲青為我達之。此牘或即沙之絕筆，蓋事若不成，沙亦無心更勞楮墨以傷子之心也！臨書淒楚，不知所云，諸維珍重不宣！

露沙書

雲青接到信後，不知是悲是愁，但覺世界上事情的結局，都極慘淡，那眼淚便不禁奪眶而出。當時就把露沙的信，抄了三份，寄給玲玉、宗瑩、蓮裳。過了一年，玲玉邀雲青到西湖避暑。秋天的時候，她們便繞道到從前舊遊的海濱，果然看見有一所很精緻的房子，門額上寫著「海濱故人」四個字，不禁觸景傷情，想起露沙已一年不通音信了，到底也不知道是成是敗，屋邇人遠，徒深馳想，若果竟不歸來，留下這所房子，任人憑弔，也就太覺多事了！

海濱故人

她們在屋前屋後徘徊了半天，直到海上雲霧罩滿，天空星光閃爍，才灑淚而歸。臨去的一霎，雲青兀自嘆道：「海濱故人！也不知何時才賦歸來呵！」

勝利以後

勝利以後

這屋子真太狹小了，在窗前擺上一張長方式的書桌，已經占去全面積的三分之一了，再放上兩張沙發和小茶几，實在沒有迴旋的餘地。至於院子呢，也是整齊而狹小的，彷彿一塊豆腐干的形勢，在那裡也不曾種些花草，只是劃些四方形的印痕。無論是春之消息，怎樣普遍人間，也絕對聽不見鶯燕的呢喃笑語，因此也免去了許多的煩悶，——杜鵑兒的悲啼和花魂的嘆息，也都聽不見了。住在這屋裡的主人，彷彿是空山絕崖下的老僧，春光秋色，都不來纏攪他們，自然是心目皆空了。但是過路的和風，鶯燕，彷彿可憐他們的冷寞且單調，而有時告訴他們春到了，或者是秋來了。這空谷的足音，其實未免多事呵！

這幾天正臨到春雨連綿，天空終日只是昏黯著，雨漏又不絕的繁響著，住在這裡的人，自然更感到無聊。當屋主人平智從床上坐起來的時候，天上的烏雲依舊積得很厚。他看看四境，覺得十二分的冷寞。他懶懶地打了一個呵欠，又將被角往上拉了拉，又睡上了。他的妻瓊芳，正從後面的屋子裡走了進來，見平智又睡了，便不去驚攪他，只怔怔坐在書案前，將陳舊的新聞紙整了整，恰巧看見一封不曾拆看的信，原是她的朋友沁芝寄來的，她忙忙用剪刀剪開封口，唸道：

吾友瓊芳：

人事真是不可預料呢！我們一別三年，妳一切自然和從前不同了。聽說妳已經作了母親，妳的小寶寶也已經會說話了。呵，瓊芳！這是多麼滑稽的事。當年我看見妳的時候，妳還是一個天真未鑿的孩子。現在呢！一切事情都改觀了，不但妳如此，便是我對於往事，也有不堪回首之嘆！我現在將告訴妳，我別妳後一切的經過了：當我離開北京時，所給妳最後的信，總以為沁芝從此海國天涯，飄宕以終——若果如此，瓊芳不免為失意人嘆命運不濟。每當風清月白之夜，在妳的浮沉觀念中也許要激起心浪萬丈，隕幾滴懷念飄零人的傷心淚呢！——但事實這樣，在人間的歷程，我總算得了勝利。自與吾友別後，本定在暑假以後，到新大陸求學。然而事緣不巧，當我與紹青要走的消息傳出後，不意被他的父親偵知，不忍我們因婚姻未解決的緣故，含愁而去，必待婚後始準作飄洋計。那時沁芝的心情如何？若論到我飄泊的身世，能有個結束，自然無不樂從，但想到婚後的種種犧牲，又不能不使我為之躊躇不決！不過瓊芳，我終竟為感情所戰勝，我們便在去年春天，——梅吐清芳，水仙挹露時，在愛神前膜拜了——而且雙雙膜拜了！當我們蜜月旅行中，我們曾到妳我昔日遊賞的海濱，在那裡曾見幾楹小屋，滿鋪著梨花碎瓣，襯著殷紅色的牆磚十分鮮豔。屋外的窗子，正對著白浪滾滾的海面。我們坐在海邊崖石上，只悄對默視，忽悲忽喜。瓊芳，這種悲喜不定的心情，我實在難以形容。總之想到當初我同紹青結婚，所經過的愁苦艱辛，而有今日的勝利，自然足以驕人，但同時回味前塵，也不免五內淒楚。無如醉夢似的人生，當時我們更在醉夢深酣處，剎那間的迷戀，真覺天地含笑，山川皆有喜色了！

我們在蜜月期中，只如醉鬼之在醉鄉，萬事都不足動我們的心，只有一味地深戀，唯顧眼前的行樂，從來不曾再往以後的事想一想。湊巧那時又正是春光明媚，風兒溫馨地吹著，花兒含笑地開著，蝶兒蜂兒都欣欣然地飛舞著。當我們在屋子裡廝守得膩了，便雙雙到僻靜的馬路上散步。在我們房子附近有一所外國人的墳園，那裡面常常是幽靜的，並且有些多情的人們，又不時在那超越的幽靈的墓上，插供上許多鮮花，也有與朝陽爭豔的玫瑰，也有與白雪比潔的海棠，至於淡黃色的茶花和月季也常常摻雜在一起。而最聖潔的天使，她們固然是凝視天容，彷彿為死者祝福，而我們坐在那天使們潔如水晶的足下，她們往往也為我們祝福呢。這種很美很幽的境地，常常調劑我們太熱鬧的生活。我們互倚著坐在那裡，無論細談曲衷，或低唱戀歌，除了偶然光顧的春哥兒竊聽了去，或者藏在白石墳後的幽靈的偷看外，再沒有人來擾亂我們了！

不知不覺把好景消磨了許多，這種神祕的熱烈的愛，漸感到平淡了。況且事實的限人，也不能常此逍遙自在。紹青的工作又開始了，他每早八點出外，總要到下午四五點鐘才回來。這時靜悄悄的深院，只留下我一個人，如環般的思想輪子，早又開始轉動了。想到以往的種種，又想到目前的一切，人生的大問題結婚算是解決了，但人絕不是如此單純，除了這個大問題，更有其他的大問題呢！……其實料理家務，也是一件事，且是結婚後的女子唯一的責任，照歷來人的說法自然是如此。但是沁芝實在不甘心就是如此了結，只要想到女子不僅為整理家務而生，便不免要想到以後應當怎麼作？固然哪！這時候我還在某學校擔任一些功課，也就可以聊以自慰了，並且更有餘暇的時候還可以讀書，因此我不安定的心神得以暫時安定了。

不久早到了梅雨的天氣，天空裡終日含愁凝淚，雨聲時起時歇。四圍的空氣，異常沉悶，免不得又惹起了無聊和煩惱之感。下午肖玉冒雨而來談，她說到組織家庭以後的生活，很覺得黯淡。她說：「結婚的意趣，不過平平如是。」我看了她這種頹唐的神氣，一再細思量，也覺得沒意思，但當時還能鼓勇地勸慰她道：「我們盡非太上，結婚亦猶人情，既已作到這裡，也只得強自振作。其實因事業的成就而獨身，固然是哄動一時，但精神的單調和乾枯，也未嘗不是滋苦；況且天下事只在有心人去做，便是結婚後也未嘗不可有所作為，只要不貪目前逸樂，不作衣架飯囊，便足以自慰了。又何必為了不可捉摸的虛譽浮榮而自苦呢。」肖玉經我一番的解釋，仍然不能去愁。後來她又說道：「妳的意志要比我堅強得多，我現在已經萎靡不振，也只好隨他去……將來小孩子出世，牽掛更多了，還談得到社會事業嗎？」瓊芳！你看了這一段話作何感想？

老實說來，這種回顧前塵，厭煩現在，和恐懼將來的心理，又何止肖玉如此。便是沁芝，總算一切比較看得開了，而實在如何？當時做孩子時的夢想那不必去說它，就說才出學校時我的抱負又是怎樣？什麼為人類而犧牲啦，種種的大願望，而今仍就只是願望罷了！每逢看見歷史上的偉大者，曾經因為極虔誠的膜拜而流淚。記得春天時印度的大詩人來到中國，我曾瞻仰過他豐采，他那光亮靜默的眼神，好像包羅盡宇宙萬象，那如淨水般的思想和意興，能抉示人們以至大至潔的人性。當我靜聽他的妙論時，竟至流淚了！我為崇拜他而流淚，我更為自慚渺小而流淚！

上星期接到宗的來信，她知道我心緒的不寧，曾勸我不必為世俗之毀譽而動心。我得到她的信，實在覺得她比我們的意興都強，妳說是不是？

最奇怪的，我近來對處女時的幽趣十分留戀。瓊芳！你應當還記得，那青而微帶焦黃的秋草遍地的秋天。在一個絕早的秋晨，那時候約略只有六點鐘，天上雖然已射出陽光，但涼風拂面，已深含秋氣。我同妳鼓著興，往公園那條路去。到園裡時，正聽見一陣風掃殘葉的刷刷聲，鳥兒已從夢裡驚醒，對著朝旭，用尖利的小嘴，剔它們零亂的毛羽，鵲兒約著同伴向四外去覓食。那時園裡只有我們，還有的便是打掃甬路的伕役，和店鋪的夥計，在整理桌椅和一切的器皿。我們來到假山石旁，妳找了一塊很潔白的石頭坐下，我只斜臥在妳旁邊的青草地上。妳曾笑我狂放，但是這詩情畫意的生活，今後只有在夢魂中彷彿到罷了。狂放的我也只有在你印象中偶一現露罷了！

曾記得前天夜裡，紹青赴友人的約。我獨處冷漠的幽齋裡，而天上都有好月色，光華皎潔。我擰滅了燈坐在對窗的沙發上，只見雪白的窗幕上，花影參橫，由不得走到窗前細看，原來院子裡小山石上的瘦勁黃花，已經盛開，白石地上滿射銀光，仰望天空，星疏光靜，隔牆柳梢迎風搖曳，瀉影地上，又彷彿銀浪起伏。我賞玩了半晌，忽然想到數年前的一個春天，和妳同宗旅行東洋的時候。在一天夜裡，正是由坐船到廣島去那天晚上，我們黃昏時上的船。上船不久，就看見很圓滿的月球，從海天相接的地方，冉冉上升，升到中天時，清光璀璨，照著冷碧的海水，宜覺清雋逼人。星輝點點，和岸上電燈爭映海面，每逢浪動波湧，便見金花千萬，閃爍海上。十點鐘以後，同船的人，都已睡了，四境只有潺潺的流水聲，時敲船舷。一種冷幽之境，如將我們從攪擾的塵寰中，提到玄祕冷漠的孤島上。那時我們憑欄無言，默然對月，將一切都託付雲天碧海了。直到船要啟碇，才回到房艙裡去。而一唸到當時意興，出塵灑脫，誰想到回來以後，依然碌碌困人，束縛轉深。唉！瓊芳！月兒年年如是，人事變遷靡定，當夜悵觸往事，淒楚如何？

瓊芳！我唯留戀往事過深，益覺眼前之局，味同嚼蠟。這勝利後的情形何堪深說——數月來的生趣，依然是強自為歡。人們罵我怪僻，我唯有低頭默認而已！

今年五月的時候，文琪從她的家鄉來。我們見面，只是彼此互相默視，彷彿千言萬語都不足訴別後的心曲，只有眸子一雙，可抉示心頭的幽祕。文琪自然可以自傲，她到現在，還是保持她處女的生活。她對於我們彷彿有些異樣，但是，瓊芳！妳知道人間的蟲子，終久躲不過人間的桎梏呢！我想你也必很願意知道她的近狀吧？

文琪和我們別後，她不是隨著她的父親回到故鄉嗎？起初她頗清閒，她家住在四面環水的村子裡，不但早晚的天然美景，足以洗滌心頭塵霧，並且她又買了許多佛經，每天研經伴母，教導弟妹，真有超然世外之趣。誰知過了半年，鄉里的人，漸漸傳說她的學識很好，一定要請她到城裡，擔任第一女子小學的校長。她以眾人的強逼，只得拋了她逍遙自在的靈的生活，而變為機械的忙碌的生活了。她前一個月曾有信給我說：

「沁芝：意外書至，喜有空谷足音之慨。所寄詩章，反覆讀之，舊情並感，又是一番悵惘。琪近少所作，有時興動，只為小學生編些童歌耳。蓋時間限人，瑣事復繁，同僚中又無足道者，此種狀況，只有忙人自解。甚矣！不自然之工作逼人，尚何術計及自修，較吾友之閉戶讀書，誠不可同日語也。憾何如之！……」

瓊芳！妳只要看了她這一段話，應該能回憶到當初我們在北京那種忙碌的印象了，不過有時因為忙，可以減去多少無聊的感喟呢！

這些話還沒有述說盡文琪最近的狀況呢。你知道紹青的朋友常君嗎？這個人確是一個很有學識而熱誠的人，他今約略三十多歲吧——並沒有鬍鬚，面貌很平善，態度也極雍容大方，不過他還不曾結婚——這話說出來，你一定很以為奇。中國本是早婚主義的國家，哪有三十幾歲的人不曾結婚？這話果然不錯，這常君在二十歲上已經結過婚了，不過他的妻已不幸前三四年死了，他不曾續弦罷了。他同紹青很好，常常到我們家裡來。有一次文琪寄給我一張照片，恰巧被常君看見，我們不知不覺間便談到文琪的生平和學識，常君聽了很讚許她，便要求我們介紹和文琪做朋友。當時我想了想，這倒是一件很好的事，因立刻寫信給文琪。不過妳應知道文琪絕不是一個很痛快的人，並且她又是一向服從家庭的，這事的能成與否，我們不過試作而已。後來我們託人向他父親說明，不想她父親倒很讚許這位常君，文琪方面自然容易為力了。後來文琪又帶了她的學生，到我們那裡參觀教育，又得與常君會面的機會。常君本是一個博學善詞的學者，文琪也是個心高氣傲的女子，他們兩星期中的接觸，兩方漸漸了解，不過文琪的態度仍是躊躇不決，其最大的原因說來慚愧，恐怕還是因為我們呢！前幾天她有一封信來說：

「沁芝！音問久疏，不太隔絕嗎？妳最後的信，久已放在我信債箱裡，想寫終未寫，實因事忙，而且思想又太單調了。妳為什麼也默爾無聲呢？我知道你們進了家庭，自有一番瑣事煩人。肖玉來信說：『想起從前校中情境，不想有現在。』真是增無窮之感，覺得人生太平淡了，但是新得一句話說：『搖搖籃的手搖動天下』，謹以移贈妳們吧！

夏間在南京開教育會，幾位朋友曾談起：『現在我國的女子教育，是大失敗了。受了高等教育的女子，一旦身入家庭，既不善管理家庭瑣事，又無力兼顧社會事業，這班人簡直是高等游民。』你以為這話怎樣？女子進了家庭，不做社會事業，究竟有沒有受高等教育的必要？——興筆所及，不覺寫下許多。妳或者不願看這些乾燥無味的話，但已寫了，姑且寄給妳吧！也何妨研究研究？我很願聽妳們進了家庭的報告！

還有一句話，我定要報告妳和肖玉等，就是我們從前的同級級友，都預料我們的結局不過爾爾——我們豈甘心認承？我想我們豪氣猶存，還是向前努力吧。我們應怎樣圖進取？怎樣預定我們的前途呢？我甚望妳有以告我，並有以指導我呵！」

瓊芳！我看她的這些話，不是對我們發生極大的懷疑嗎？其實也難怪她，便是我們自己又何嘗不懷疑自己此後的結局呢？但是我覺得女子入了家庭，對於社會事業，固然有多少阻礙，然而不是絕對沒有顧及社會事業的可能。現在我們所愁的，都不是家庭放不開，而是社會沒有事業可做。按中國現在的情形，剝削小百姓脂膏的官僚，自不足道，便是神聖的教育事業，也何嘗不是江河日下之勢？在今日的教育制度下，我懷疑教育能教好學生，我更懷疑教育事業的神聖，不用說別的齷齪的情形，便把留聲機般的教員說說，簡直是對不起學生和自己呵！

我記得當我在北京當教員的時候，有一天替學生上課回來，坐在教員休息室裡，忽然一陣良心發現，臉上立時火般發起熱來，說不出心頭萬分的羞慚。我覺得我實在是天下第一個罪人，我不應當欺騙這些天真的孩子們，並欺騙我自己，——當我擺起「像煞有介事」的面孔，教導孩子們的時候，我真不明白我比他們多知道些什麼？——或者只有奸詐和巧飾的手段比他們高些吧？他們心裡煩悶立刻哭出來，而成人們或者要對他們說：哭是難為情的，在人面前應當裝出笑臉。唉！不自然的人生，還有什麼可說！這種摧殘人性的教育有什麼可做？而且作教育事業的人，又有幾個感覺到教育是神聖的事業？他們只抱定一本講義，混一點鐘，拿一點鐘的錢，便算是大事已了。唉，我覺得女子與其和男子們爭這碗不乾淨的教育飯吃，還不如安安靜靜在家裡把家庭的事務料理清楚，因此受些男子供給的報酬，倒是無愧於良心的呢！

至於除了教育以外，可做的事業更少了，——簡直說吧，現在的中國，一切都是提不起來，用不著說女子沒事做，那閒著的男子——也曾受過高等教育的，還不知有多少呢？這其中固然有許多生成懶惰，但是要想做而無可做的分子居多吧？

瓊芳，妳不知道我們學校因為要換校長，運動謀得此缺的人不知有多少，那裡面傾軋的詳情若說出來，真要丟盡教育界的臉。唉！社會如此，不從根本想法，是永無光明時候的！

可是無論如何，文琪這封信，實在是鼓勵我們不少。老實說，中國的家庭，實在是足以消磨人們的志氣。我覺得自入家庭以後，從前的朋友日漸稀少，目下所來往的不是些應酬的朋友，便是些不相干的親戚，不是勉強拉扯些應酬話，口不應心的來敷衍，便是打打牌，看看戲。什麼高深的學理的談論不必說，便是一個言志談心的朋友也得不到，而家庭間又免不了多少零碎的瑣事。每天睜開眼，就深深陷入人世間的牢籠裡，便是潛心讀書已經不容易，更說不上什麼活動了。唉！瓊芳！人們真是愚得可憐，當沒有結婚的時候，便夢想著結婚以後的圓滿生活，其實填不平的大地，何處沒有缺憾！

說到這裡，我又想起冷岫來了。妳大約還記得她那種活潑的性情和瀟灑的態度吧！但是而今怎樣，她比較我們更可憐呢！她實在是人間的第一失敗者。當她和我們同堂受業時，那種冷靜的目空一切的態度，誰想得到，同輩中只有她陷溺最深。她往往說世界是一大試驗場，從不肯輕易相信人。她對於戀愛的途徑，更是觀望不前，而結果她終為希冀最後的勝利，放膽邁進試驗場中了！雖然當前有許多尖利的荊棘，足以刺取她腳心的血，她也不為此躑躅。當她和少年文仲締交之初，誰也想不到他和她就會發生戀愛，因為文仲已娶了妻子，而冷岫又是自視極高的心性。終為了愛神的使命，他們竟結合了。他們結婚後，便回到他的故鄉去，文仲以前的妻子也在那裡。當文仲和冷岫結婚時，也曾徵求過他以前妻子的同意，在表面，大家自然都是很和氣的笑容相接，可是據冷岫給我的信說，自從她回家後，心神完全變了狀態，每每覺得心靈深處藏著不可言說的缺憾。每當夜的神降臨時，她往往背人深思，她總覺得愛情的完滿，實在不能容第三者於其間——縱使這第三者只一個形式，這愛情也有了缺陷了！因此她活潑的心性，日趨於沉抑。我記得她有幾句最痛心的話道：「我曾用一雙最鋒利的眼，去估定人間的價值，但也正如悲觀或厭世的哲學家，分明認定世界是苦海，一切都是有限的，空無所有的，而偏不能脫離現世的牢縛。在我自己生活的歷史上，找不到異乎常人之點。我也曾被戀神的誘惑而流淚，我也曾用知識的利劍戳傷脆弱的靈府。我彷彿是一隻弱小的綿羊，曾抱極大的願望，來到無數的羊群裡，選擇最適當的伴侶。在我想像中的圓滿，正如秋日的晴空，不著一絲浮雲，所有的，只是一片融淨的合體；又彷彿深秋裡的霜菊，深細的幽香，只許高人評賞，不容蜂蝶窺探。」

這些希望，當然是容易得到，但是不幸的冷岫，雖然開闢了荒蕪的園地，撒上玫瑰的種子，而未曾去根的荊棘，兀自乘機蓬勃。秋日的晴空，終被不情的浮雲所遮蔽，她心頭的靈焰，幾被淒風冷雨所撲滅。當她含愁默坐，悄對半明半滅的孤燈，她的襟懷如何？又怎怪她每每作鶴唳長空，猿啼深谷的哀音？今年三月間，她曾寄給我一首新歌，我看了直難受幾天，她的原稿不幸被失掉了，但尚隱約記得，像是道——

漏沉沉兮風淒，

星隕淚兮雲泣。

悄挑燈以兀坐兮，
神傷何極！
念天地之殘缺兮，
填恨海而無計！
感君懷之彌苦兮？
絕痴愛而終迷！
悲乎！悲乎！
何澈悟之不深兮，
乃躑躅於歧途，
愧西哲之為言兮，
不完全勿寧無！

瓊芳，你讀了這哀楚的心頭之音，妳將作何感想？我覺得不但要為不幸的冷岫，掬一把同情淚，在現在這種過渡的時代中，又何止一個冷岫。冷岫因得不到無缺憾的愛情，已經感喟到這種田地，那徒贅虛名而一點愛情得不到如文仲的以前的妻子，她們的可憐和淒楚還堪設想嗎？

唉！瓊芳！我往常每說冷岫是深山的自由鳥，為了愛情陷溺於人間愁海裡，這也是她奮鬥所得的勝利以後呵！——只贏得滿懷淒楚，壯志雄心，都為此消磨殆盡呵！說到這裡，由不得我不嘆息，現在中國的女子實在太可憐了！

前天肖玉的女兒彌月，我到她那裡，看見那孩子正睡在她的膝上。肖玉見了我忽然眼圈紅著，對我說道：「還是獨身主義好，我們都走錯了路！」唉！這話何等傷痛！我們真正都是傻子。當我們和家庭奮鬥，一定要為愛情犧牲一切的時候，是何等氣概？而今總算都得了勝利，而勝利以後原來依舊是苦的多樂的少，而且可希冀的事情更少了。可藉以自慰的念頭一打消，人生還有什麼趣味？從前認為只要得一個有愛情的伴侶，便可以廢我們理想的生活。現在嘗試的結果，一切都不能避免事情的支配，超越人間的樂趣，只有在星月皎潔的深夜，偶爾與花魂相聚，覺得自身已徜徉四空，優遊於天地之間。至於海闊天空的仙島，和瓊草琪花的美景，只有長待大限到來，方有駐足之望呵！瓊芳！長日悠悠，我實無以自慰自遣，幽齋冥想，身心都感飄泊。本打算明年春天與紹青同遊義大利，將天然美景，醫我沉痾，而又苦於經濟限人，終恐只有畫餅充飢呵！

勝利以後

感謝瓊芳以閉門著述振我頹唐。我何嘗不想如此，無奈年來浸濡於人間，志趣不知何時已消磨盡淨，便有所述作，也都是敷衍文字，安能取心頭的靈汁灌溉那乾枯的荒園，使它異花開放，仙葩吐露呢？瓊芳，妳能預想我的結果嗎？

沁芝

瓊芳看完沁芝的來信，覺得心頭如梗。她向四圍看著她自己的環境，什麼自然的美趣，理想的生活，都只是空中樓閣。她不覺嘆道：「勝利以後只是如此呵！」這話不提防被已經睡醒的平智聽見了，便問道：「妳說什麼？」瓊芳不願使他知道心頭的隱祕，因笑說道：「時間已經不早，還不起來嗎？」平智懶懶地答道：「有什麼可做，起來也是無聊呵！」瓊芳忍不住嘆道：「做人就只是無聊！」「對了，做人就只是無聊！」這不和諧的話從此截住，只有彼此微微振動的心弦，互相應和罷了！

曼麗

曼麗

晚飯以後，我整理了案上的書籍，身體覺得有些疲倦，壁上的時針，已經指在十點了，我想今夜早些休息了吧！窗外秋風乍起，吹得階前堆滿落葉，冷颼颼的寒氣，陡感到羅衣單薄；更加著風聲蕭瑟，不耐久聽，正想熄燈尋夢，看門的老聶進來報說「有客！」我急忙披上袂衣，迎到院子裡，隱約燈光之下只見久別的彤芬手提著皮篋進來了。

這正是出人意料的聚會，使我忘了一日的勞倦。我們坐在籐椅上，談到別後的相憶，及最近的生活狀況；又談到許多朋友，最後我們談到曼麗。

曼麗是一個天真而富於情感的少女，她妙曼的兩瞳，時時射出純潔的神光，她最崇拜愛國捨身的英雄。今年的夏末，我們從黃浦灘分手以後，一直沒有得到她的消息；只是我們臨別時一幅印影，時時蕩漾於我的腦海中。

那時正是黃昏，黃浦灘下有許多青年男女挽手並肩地在那裡徘徊，在那裡密談，天空閃爍著如醉的赤雲，海波激射出萬點銀浪。蜿蜒的電車，從大馬路開到黃浦灘旁停住了，紛紛下來許多人，我和曼麗也從人叢中擠下電車，馬路上車來人往，簡直一刻也難駐足。我們也就走到黃浦灘的綠草地上，慢慢地徘徊著。後來我們走到一株馬櫻樹旁，曼麗斜倚著樹身，我站在她的對面。

曼麗看著滾滾的江流說道：「沙姊！我預備一兩天以內就動身，姊姊！妳對我此行有什麼意見？」

我知道曼麗決定要走，由不得感到離別的悵惘，但我又不願使她知道我的怯弱，只得噙住眼淚振作精神說道：

「曼麗！妳這次走，早在我意料中，不過這是妳一生事業的成敗關頭！希望妳不但有勇氣，還要再三慎重！……」

曼麗當時對於我的話似乎很受感動，她緊握著我的手說道：

「姊姊！望妳相信我，我是愛我們的國家，我最終的目的是為國家的正義而犧牲一切。」

當時我們彼此珍重而別，現在已經數月了。不知道曼麗的成功或失敗，我因向彤芬打聽曼麗的近狀，只見彤分皺緊眉頭，嘆了一口氣道：「可惜！可惜！曼麗只因錯走了一步，終至全盤失敗，她現今住在醫院裡，生活十分黯淡，我離滬的時候曾去看她，唉！憔悴得可憐……」

我聽了這驚人的消息，不禁怔住了。彤芬又接著說道：「曼麗有一封長信，叫我轉給妳，妳看了自然都能明白。」說著她就開了那小皮篋，果然拿出一封很厚的信遞給我，我這時禁不住心跳，不知這裡頭是載著什麼消息，忙忙拆開看道：

沙姊：

我一直緘默著，我不願向人間流我悲憤的眼淚，但是姊姊，在妳面前，我無論如何不應當掩飾，姊姊妳記得吧！我們從黃浦灘頭別後，第二天，我就乘長江船南行。

江上的煙波最易使人起幻想的，我憑著船欄，看碧綠的江水奔馳，我心裡充滿了希望。姊姊！這時我十分地興奮，同時十分地驕傲，我想在這沉寂荒涼的沙漠似的中國裡，到底叫我找到了肥美的草地水源，時代無論怎樣的悲慘，我就努力地開墾，使這綠草蔓延全沙漠，使這水源潤澤全沙漠，最後是全中國都成綠野芊綿的肥壤，這是多麼光明的前途，又是多麼偉大的工作……

姊姊！我永遠是這樣幻想，不問沙鷗幾番振翼，我都不曾為牠的驚擾打斷我的思路，姊姊妳自然相信我一直是抱著這種痴望的。

然而誰知道幻想永遠是在流動的，江水上立基礎永遠沒有實現的可能，姊姊！我真悲憤！我真慚愧！我現在是睡在醫院的病房裡，我十分地萎靡，並不是我的身體支不起，實是我的精神受了慘酷的荼毒，再沒方法振作呵！

姊姊！我漸恨不曾聽妳的忠告，——我不曾再三的慎重——我只抱著幼稚的狂熱的愛國心，盲目地向前衝，結果我像是失了羅盤針的海船，在驚濤駭浪茫茫無際的大海裡飄蕩，最後，最後我觸在礁石上了！姊姊！現在我是沉溺在失望的海底，不但找不到肥美的草地和水源，並且連希望去發現光明的勇氣都沒有了。姊姊！我實在不耐細說。

我本拚著將我的羞憤緘默地帶到九泉，何必向悲慘人間饒舌；但是姊姊，最終我懷疑了，我的失敗誰知不是我自己的欠高明，那麼我又怪誰？在我死的以前，我怎可不向人間懺悔，最少也當向我親愛的姊姊面前懺悔。

姊姊！請妳看我這幾頁日記吧！那裡是我徬徨歧路的殘痕；同時也是一般沒有主見的青年人，徬徨歧路的殘痕；這是我坦白的口供，這是我藉以懺悔的唯一經簽……

曼麗這封信，雖然只如幻雲似地不可捉摸；但她涵蓋著人間最深切的哀婉之情，使我的心靈為之震驚；但我要繼續看她的日記，我不得不極力鎮靜……

八月四日

半個月以來，課後我總是在閱報室看報，覺得國事一天糟似一天，國際上的地位一天比一天低下。內政呢！就更不堪說了，連年征戰，到處慘象環生……眼看著梁傾巢覆，什麼地方足以安身？況且故鄉庭園又早被兵匪摧殘得只剩些敗瓦頹垣，唉！我只恨力薄才淺，救國有志，也不過僅僅有志而已！何時能成事實！

昨天杏農曾勸我加入某黨，我是毫無主見，曾去問品綺，他也很贊成。

今午杏農又來了，他很誠摯地對我說：「曼麗！妳不要徬徨了。現在的中國除了推翻舊勢力，培植新勢力以外，還有什麼方法希望國家興盛呢？……並且時候到了，妳看世界已經不像從前那種死寂，黨軍北伐，勢如破竹，我們豈可不利用機會謀酬我們的夙願呢？」我聽了杏農的話，十分興奮，恨不得立刻加入某黨，與他們努力合作。後來杏農走了，我就寫一封信給畹若，告訴他我現在已決定加入某黨，就請他替我介紹。寫完信後，我悄悄地想著中國局勢的危急，除非許多志士出來肩負這困難，國家的前途，實在不堪設想呢……這一天，我全生命都漫在熱血裡了。

八月七日

我今天正式加入某黨了，當然填寫志願書的時候，我真覺得驕傲，我不過是一個怯弱的女孩子，現在肩上居然擔負起這萬鈞重的革命事業！我私心的欣慰，真沒有法子形容呢！我好像有所發見，我覺得國事無論糟到什麼地步，只要是真心愛國的志士，肯為國家犧牲一切，那末因此國家永不至淪亡，而且還可產生出蓬勃的新生命！我想到這裡，我真高興極了，從此後我要將全副的精神為革命奔走呢！

下午我寫信告訴沙姊，希望她能跟我合作。

八月十五日

今天彤芬有信來，關於我加入某黨，她似乎不大贊成。她的信說：「曼麗！接到妳的信，知道妳已經加入某黨，我自然相信妳是因愛國而加入的，和現在一般投機分子不同，不過曼麗，妳真瞭解某黨的內容嗎？妳真是對於他們的主義毫無懷疑地信仰嗎？妳要革命，真有妳認為必革的目標嗎？曼麗，我覺得信仰主義和信仰宗教是一樣的精神，耶穌吩咐他的門徒說：你們應當立刻跳下河裡去，拯救那個被溺的婦女和嬰孩，那時節你能絕不躊躇，絕不懷疑的勇往直前嗎？曼麗，我相信妳的心是純潔的；可是妳的熱情往往支配了妳的理智，其實妳既已加入了，我本不該對妳發出這許多疑問，不過我們是很好的朋友，我既想到這裡，我就不能緘默，曼麗，請妳原諒我吧！」

彤芳這封信使我很受感動，我不禁回想我入黨的倉猝，對於她所說的問題我實在未能詳細地思量，我只憑著一腔的熱血無目的地向人間噴射……唉！我今天心緒十分惡劣，我有點後悔了！

八月二十二日

現在我已正式加入黨部工作了，一切的事務都呈露紊亂的樣子，一切都似乎找不到系統——這也許是因我初加入合作，有許多事情是我們不知道其系統之所在，並不是它本身沒有系統吧！可是也就夠我徬徨了。

他們派我充婦女部的幹事，每天我總照法定時間到辦公室。我們婦女部的部長，真是一個奇怪的女人，她身體很魁偉，總穿一套棕色的軍服，將頭髮剪得和男人一樣，走起路來，腰幹也能筆直，神態也不錯；只可惜一雙受過摧殘，被解放的腳，是支不起上體的魁偉。雖是皮鞋作得很寬大，很充得過去，不過走路的時候，還免不了裊娜的神態，這一來可就成了三不像了。更足使人注意的，是她那如洪鐘的喉音，她真喜歡演說，我們在辦公處最重要的公事，大概就是聽她的演說了……真的，她的口才不算壞，尤其使人動聽的是那一句：「我們的同志們」真叫得親熱！但我有時聽了有些不自在……這許是我的偏見，我不慣作革命黨，沒有受過好訓練——我缺乏她那種自滿的英雄氣概，——我總覺得我所嚮往的革命不是這麼回事！

現在中國的情形，是十三分的複雜，比亂麻還難清理。我們現在是要做剔清整理的革命工作，每一個革命分子，以我的理想至少要鎮天地工作——但是這裡的情形，絕不是如此。部長專喜歡高談闊論，其他的幹事員寫情書的依然寫情書，講戀愛的照樣講戀愛，大家都彷彿天下指日可定，自己將來都是革命元勛，做官發財，高車駟馬，都是意中事，意態驕逸，簡直不可一世——這難道說也是全民所希冀的革命嗎？唉！我真徬徨！

曼麗

九月三日

我近來精神真萎靡，我簡直提不起興味來，這裡一切事情都叫我失望！

昨天杏農來說是藝泉就要到美國去，這真使我驚異，她的家境很窮困，怎麼半年間忽然又有錢到美國了？後來問杏農才知道她做了半年婦女部的祕書，就發了六七千元的財呵！這話真使我驚倒了，一個小小的祕書，半年間就發了六七千元的財，那若果要是作省黨部的祕書長，豈不可以發個幾十萬嗎？這手腕真比從前的官僚還要厲害——可是他們都是為民眾謀幸福的志士，他們莫非自己開採得無底的礦嗎？……啊！真真令人不可思議呢！

沙姊有信來問我入黨後的新生命，真慚愧，這裡原來沒有光大的新生命，軍閥要錢，這裡的人們也要錢；軍閥吃鴉片，這裡也時時有噴雲吐霧的盛事。呵！腐朽！一切都是腐朽的……

九月十日

真是不可思議，在一個黨部裡竟有各式各樣不同的派別！昨天一天，我遇見三方面的人，對我疏通選舉委員長的事。他們都稱我作同志，可是三方面各有他們的意見，而且又是絕對不同的三種意見，這真叫我為難了，我到底是誰的同志呢？老實說吧，他們都是想膨脹自己的勢力，哪一個是為公忘私呢……並且又是一般只有盲目的熱情的青年在那裡把持一切……事前沒有受過訓練，唉！我不忍說——真有些倒行逆施，不顧民意的事情呢！

小珠今早很早跑來，告訴我前次派到C縣做縣知事的宏卿，在那邊勒索民財，妄作威福，鬧了許多笑話，真叫人聽著難受。本來這些人，一點學識沒有，他們的進黨目的，只在發財升官，一旦手握權柄，又怎免濫用？杏農的話真不錯！他說：「我們革命應有步驟，第一步是要充分地預備，無論破壞方面，建設方面，都要有充足的人材準備，第二步才能去做破壞的工作，破壞以後立刻要有建設的人材收拾殘局……」而現在的事情，可完全不對，破壞沒人才，建設更沒人才！所有的分子多半是為自己的衣飯而投機的，所以打下一個地盤以後，沒有人去做新的建設！這是多麼慘淡的前途呢，土牆固然不好，可是把土牆打破了，不去修磚牆，那還不如留著土牆，還成一個片段。唉！我們今天越說越悲觀，難道中國只有這黯淡的命運嗎？

九月十五日

今天這裡起了一個大風潮……這才叫做丟人呢！

維春槍決了！因為他私吞了二萬元的公款，被醒胡告發，但是醒胡同時卻發了五十萬大財，據說維春在委員會裡很有點勢力！他是偏於右方的，當時惹起反對黨的忌恨，要想法破壞他，後來知道醒胡和他極要好，因約醒胡探聽他的私事，如果能夠致維春的死命，就給他五十萬元，後來醒胡果然探到維春私吞公款的事情，到總部告發了，就把維春槍決了。

這真像一段小說呢！革命黨中的青年竟照樣施行了。自從我得到這消息以後，一直懊惱，我真想離開這裡呢！

下午到杏農那裡，談到這件事，他也很灰心，唉！這到處腐朽的國事，我真不知應當怎麼辦呢！

九月十七日

這幾天黨裡的一切事情更覺紊亂，昨夜我已經睡了，忽接到杏農的信，他說：「這幾天情勢很壞，軍長兵事失利，內部又起了極大的內訌——最大的原因是因為某軍長部下所用一般人，都是些沒有實力的輕浮少年，可是割據和把持的本領均很強，使得一部分軍官不願意他們，要想反戈，某軍長知道實在不可為了，他已決心不幹，所以我們不能不準備走路……請妳留意吧！」

唉！走路！我早就想走路，這地方越做越失望，再住下去我簡直要因刺激而發狂了！

九月二十二日

支黨部幾個重要的角色都跑盡了，我們無名小角也沒什麼人注意，還照舊在這裡鬼混，但也就夠狼狽了！有能力的都發了財，而我們卻有斷炊的恐慌，昨晚檢點皮篋只剩兩塊錢。

早晨杏農來了，我們照吃了五毛錢一桌的飯，吃完飯，大家坐在屋裡，皺著眉頭相對。小珠忽然跑來，她依然興高采烈，她一進門就嘻嘻哈哈地又說又笑，我們對她訴說窘狀，她說：「愁什麼！我這裡先給你們二十塊，用完了再計較。」杏農才把心放下，於是我們暫且不愁飯吃，大家坐著談些閒話，小珠對著我們笑道：「我告訴你們一件有趣的新聞：你們知道蘭芬嗎？她真算可以，她居然探聽到敵黨的一切祕密；自然蘭芬那臉子長得漂亮，敵黨的張某竟迷上她了！只顧討蘭芬的喜歡，早把別的事忘了……他們的經過真有趣，昨天聽蘭芬告訴我們，真把我笑死！前天不是星期嗎？一早晨，張某就到蘭芬那裡，請蘭芬去吃午飯，蘭芬就答應了他。張某叫了一輛汽車，同蘭芬到德昌飯店去。到了那裡，時候還早，他們就揀了一間屋子坐下，張某就對蘭芬表示好意，訴說他對蘭芬的愛慕。蘭芬笑道：『我很希望我們做一個朋友，不過事實恐怕不能！你不能以坦白的心胸對我……』張某聽了蘭芬的話，又看了那漂亮的面孔，真的，他恨不得把心挖出來給她，就說道：『蘭芬，只要妳真愛我，我什麼都能為妳犧牲，如果我死了，於妳是有益的，我也可以照辦。』蘭芬就握住他的手說道：『我真感激你待我的誠意，不過我這個人有些怪僻，除非你告訴我一點別人所聽不到事情，那我就信了。』張某道：『我什麼事都可以告訴妳，現我背我的生平妳聽，蘭芬！那妳相信我了吧？』蘭芬說：『妳能將你們團體的祕密全對我說嗎？……我本不當有這種要求，不過要求彼此了解起見，什麼事不應當有掩飾呢！』張某簡直迷昏了，他絕不想到蘭芬的另有用意，他便把他的團體決議對付敵人種種方法告訴蘭芬，以表示愛意……這真滑稽得可笑！」

小珠說得真高興，可是我聽了，心裡很受感動，天下多少機密事是誤在情感上呢！

十月一日

在那紊亂的Z城，廝守不出所以然來。今天我又回到了上海，早車到了這裡，稍吃了些點心，我就去看朋友。走到黃浦灘，由不得想到前幾個月和沙姊話別的情形，那時節是多麼興奮！多麼自負！……唉！誰想到結果是這麼狼狽。現在覺悟了，事業不但不是容易成功，便連從事事業的途徑也是不易選擇的呢！

回到上海——可是我的希望完全埋葬在Z城的深土中，什麼時候才能發芽蓬勃滋長，誰能知道？誰能預料呵？

十月五日

我忽然患神經衰弱病，心悸胸悶，鎮天生氣，今天搬到醫院裡來。這醫院是在城外，空氣很好，而且四周圍也很寂靜。我睡在軟鐵絲的床上；身體很舒適了。可是我的病是在精神方面，身體越舒服閒暇，我的心思越複雜，我細想兩三個月的經歷，好像毒蛇在我的心上盤咬！處處都是傷痕。唉！我不曾加入革命工作的時候，我的心田裡，萬叢荊棘的當中，還開著一朵鮮豔的紫羅蘭花，予我以前途燦爛的希望。現在呢！紫羅蘭萎謝了，只剩下刺人的荊棘，我竟沒法子邁步呢！

十月七日

兩夜來，我只為以往的傷痕懊惱，我恨人類世界，如果我有能力，我一定讓它全個湮滅！……但是我有時並不這樣想，上帝絕不這樣安排的，世界上有大路，有小路，有走得通的路，有走不通的路，我並不曾都走遍，我怎麼就絕望呢！我想我自己本沒有下過探路的工夫，只閉著眼跟人家走，失敗了！還不是自作自受嗎？……

奇怪，我自己轉了我憤恨的念頭，變為追悔時，我心頭已萎的紫羅蘭，似乎又在萌芽了，但是我從此不敢再隨意地摧殘了，……我病好以後，我要努力找那走得通的路，去尋求光明。以前的閉眼所撞的傷痕，永遠保持著吧！

曼麗的日記完了，我緊張的心弦也慢慢恢復了原狀，那時夜漏已深，秋搧風搖，窗前枯藤，聲更懍栗！彤芬也很覺得疲倦，我們暫且無言地各自睡了。我痴望今夜夢中能見到曼麗，細認她的心的創傷呢！

雲蘿姑娘

這時候只有八點多鐘，園裡的清道伕才掃完馬路。兩三個采雞頭米的工人，已經駕起小船，蕩向河中去了。天上停著幾朵稀薄的白雲，水藍的天空，好像圓幕似的覆載著大地，遠遠景山正照著朝旭，青松翠柏閃爍著金光，微涼的秋風，吹在河面，銀浪輕湧。園子裡遊人稀少，四面充溢著遼闊清寂的空氣。在河的南岸，有一個著黃色衣服的警察，背著手沿河岸走著，不時向四處瞭望。

雲蘿姑娘和她的朋友凌俊在松影下緩步走著。雲蘿姑娘的神態十分清挺秀傲，彷彿秋天裡，冒霜露開放的菊花。那青年凌俊相貌很魁梧，兩道利劍似的眉，和深邃的眼瞳，常使人聯想到古時的義俠英雄一流的人。

他們並肩走著，不知不覺已來到河岸，這時河裡的蓮花早已香消玉隕，便是那蓮蓬也都被人採光，滿河只剩下些殘梗敗葉，高高低低，站在水中，對著冷辣的秋風抖顫。

雲蘿姑娘從皮夾子裡拿出一條小手巾，擦了擦臉，仰頭對凌俊說道：「你昨天的信，我已經收到了，我來回看了五六遍。但是凌俊，我真沒法子答覆你！……我常常自己懷懼不知道我們將弄成什麼結果，……今天我們痛快談一談吧！」

凌俊噓了一口氣道：「我希望妳最後能允許我，……妳不是曾答應做我的好朋友嗎？」

「哦！凌俊！但是你的希冀不止做好朋友呢？……而事實上阻礙又真多，我可怎麼辦呢？……」

「雲姊！……」凌俊悄悄喊了一聲，低下頭長嘆。於是彼此靜默了五分鐘。雲蘿姑娘指著前面的椅子說！「我們找個坐位，坐下慢慢地談吧！」凌俊道：「好！我們真應當好好談一談，雲姊！妳知道我現在有點自己制不住自己呢！……雲姊！天知道：我無時無刻不念妳，我現在常常感到做人無聊，我很願意死！……」

雲蘿在椅子的左首坐下，將手裡的傘放在旁邊，指著椅子右首讓凌俊坐下。凌俊沒精打采坐下了。雲蘿說：「凌俊！我老實告訴你，我們前途只有友誼，——或者是你願意做我的弟弟，那麼我們還可以有姊弟之愛。除了以上的關係，我們簡直沒有更多的希冀。凌弟！你鎮住心神。你想想我們還有別的路可走嗎？……我實在覺得對你不起，自從你和我相熟後，你從我這裡學到的便是唯一的悲觀。凌弟！你的前途很光明，為什麼不向前走？」

「唉！走，到哪裡去呢？一切都彷彿非常陌生，幾次想振作，還是振作不起來，我也知道我完全糊塗了——可是雲姊！妳對我絕沒有責任問題。雲姊放心吧！……我也許找個機會到外頭去飄泊，最後被人一槍打死，便什麼都有了結局……」

「凌弟！你這些話越說越窄。我想還是我死了吧！我真罪過。好好地把你拉入情海，——而且不是風平浪靜的情海——我真憂愁，萬一不幸，就覆沒在這冷邃的海底。凌弟！我對你將怎樣負疚呵！」

「雲姊！妳到底為了什麼不答應我，妳不愛我嗎？……」

「凌弟！完全不是那麼回事，我果真不愛你，我今天也絕不到這裡來會你了。」

「雲姊！那妳就答應我吧！……姊姊！」

雲蘿姑娘兩隻眼睛，只怔望著遠處的停雲，過了些時，才深深噓了口氣說：「凌弟！我不是和你說過嗎？我要永遠緘情向荒丘呢！……我的心已經有了極深刻的殘痕……凌弟，我的生平你不是很明白的嗎？……凌弟，我老實說了吧！我實在不配受你純潔的情愛的，真的！有時候，我為了你的熱愛很能使我由沉寂中興奮，使我忘了以前的許多殘痕，使我很驕傲，不過這究竟有什麼益處呢！忘了只不過是暫時忘了！

等到想起來的時候，還不是仍要恢復原狀而且更增加了許多新的毒劍的刺剽……凌弟！我有時也曾想到我實在是在不自然的道德律下求活命的固執女子……不過這種想頭的力量，終是太微弱了，經不起考慮……」

凌俊握著雲蘿姑娘的手，全身的熱血，都似乎在沸著，心頭好像壓著一塊重鉛，腦子裡覺得悶痛，兩頰燒得如火雲般紅。但是一句話也說不出來，只一口一口向空噓著氣。

這時日光正射在河心，對岸有一隻小船，裡面坐著兩個年輕的女子，慢慢搖著划槳，在那金波銀浪上泛著。東邊玉橋上，車來人往，十分熱鬧。還有樹梢上的秋蟬，也啞著聲音吵個不休。園裡的遊人漸漸多了。

雲蘿姑娘和凌俊離開河岸，向那一帶小山上走去。穿過一個山洞，就到了園子最幽靜的所在。他們在靠水邊的茶座上坐下，泡了一壺香片喝著。雲蘿姑娘很疲倦似的斜倚在籐椅上。凌俊緊閉兩眼，睡在躺椅上。四面靜悄悄，一些聲息都沒有。這樣總維持了一刻鐘。凌俊忽然站起身來，走到雲蘿姑娘的身旁，低聲叫道：「姊姊！我告訴妳說，我並不是懦弱的人，也不是沒有理智的人。姊姊剛才所說的那些話，我都能了解，……不過姊姊，妳必要相信我，我起初心裡，絕不是這麼想。我只希望和姊姊作一個最好的朋友，拿最純潔的心愛護姊姊。但是姊姊！連我自己也不明白，我什麼時候竟戀上妳了，……有時候心神比較的鎮定，想到這一層就不免要吃驚……可是又有什麼法子呢，我就有斬釘斷鐵的利劍，也沒法子斬斷這自束的柔絲呢。」

「凌弟！你坐下，聽我告訴你，……感情的魔力比任何東西都厲害，它能使你犧牲你的一切，……不過像你這樣一個有作有為的男兒，應當比一般的人不同些。天下可走的路盡多，何必一定要往這條走不通的路走呢！」

凌俊嘆著氣，撫著那山上的一個小峭壁說：「姊姊！我簡直比頑石還不如，任憑姊姊說破了嘴，我也不能覺悟……姊姊，我也知道人生除愛情以外還有別的，不過愛情總比較得是一件重要的事情吧！我以為一個人在愛情上若是受了非常的打擊，他也許會灰心得什麼都不想做了呢！……」

「凌弟，千萬不要這樣想，……凌弟！我常常希望我死了，或者能使你忘了我，因此而振作，努力你的事業。」「姊姊！妳為什麼總要說這話？妳若果是憎嫌我，妳便直截了當地說了吧！何苦因為我而死呢……姊姊，我相信我愛妳，我不能讓妳獨自死去……」

雲蘿姑娘眼淚滴在衣襟上，凌俊依然閉著眼睡在躺椅上。樹葉叢裡的雲雀，啾啾叫了幾聲，振翅飛到白雲裡去了。這四境依然是靜悄悄的一無聲息，只有雲蘿姑娘低泣的幽聲，使這寂靜的氣流，起了微波。

「姊姊！妳不要傷心吧！我也知道妳的苦衷，姊姊孤傲的天性，別人不能了解妳，我總應當了解妳……不過我總痴心希冀姊姊能忘了以前的殘痕，陪著我向前走。如果實在不能，我也沒有強求的權力，並且也不忍強求。不過姊姊，妳知道，我這幾個月以來精神身體都大不如前，……姊姊的意思，是叫我另外找路走，這實在是太苦痛的事情。我明明是要往南走，現在要我往北走，唉，我就是勉強照姊姊的話去做，我相信只是罪惡和苦痛，姊姊！我說一句冒昧的話……姊姊若果真不能應許我，我的前途實在大黯淡了。」

雲蘿姑娘聽了這話，心裡頓時起了狂浪，她想：問題到面前來了，這時候將怎樣應付呢？實在的，在某一種情形之下，一個人有時不能不把心裡的深情暫且掩飾起來，極力鎮定說幾句和感情正相矛盾的理智話……現在雲蘿姑娘覺得是需要這種的掩飾了。她很鎮定地淡然笑了一笑說：「凌弟！你的前途並不黯淡，我一定替你負相當的責任，替你介紹一個看得上的人……人生原不過如此……是不是？」

凌俊似乎已經看透雲蘿的強作達觀的隱衷了，他默然地噓了一口氣道：「姊姊！我很明白，我的問題，絕不是很簡單的呢！姊姊！……我請問妳，結婚要不要愛情……姊姊！我敢斷定妳也是說『要的』。但是姊姊，戀愛同時是不能容第三個人的……唉，我的問題又豈是由姊姊介紹一個看得上的人，所能解決的嗎？」

這真是難題，雲蘿默默地沉思著。她想大膽地說：「弟弟！你應當找你愛的人和她結婚吧！」但是他現在明明愛上了她自己……假若說：「你把你精神和物質劃個很清楚的界限。你精神上只管愛你所愛的人，同時也不妨作個上場的傀儡，演一出結婚的喜劇吧……」但這實在太殘忍，而且太不道德了呵！……所以雲蘿雖然這麼想過，可是她向來不敢這麼說，而且當她這麼想的時候，總覺得臉上有些發熱，心頭有些紅腫，有時竟羞慚得她流起眼淚來！

「唉！這是怎麼一個糾紛的問題呵！」雲蘿姑娘在沉默許久之後，忽然發出這種的悲嘆的語句來，於是這時的空氣陡覺緊張。在他們頭頂上的白雲，一朵朵湧起來，秋風不住地狂吹。雲蘿姑娘覺得心神不能守舍，彷彿大地上起了非常的變動，一切都失了安定的秩序，什麼都露著空虛的恐慌。她緊張握住自己的頸項，她的心房不住地跳躍，她願意如絮的天幕，就這樣輕輕蓋下來，從此天地都歸於毀滅，同時一切的糾紛就可以不了自了。但是在心裡的狂浪平定以後，她抬頭看見凌俊很憂愁地望著天。天還是高高站在一切之上，小山，土阜和河池一樣樣都如舊的擺列在那裡，一切還是不曾變動。於是她很傷心地哭了。她知道她的幻夢永遠是個幻夢，事實的權力實在龐大，她沒有法子推翻已經是事實的東西，她只有低著頭在這一切不自然的事實之下生活著。

太陽依著它一定的速度由東方走向中天，又由中天斜向西方，日影已照在西面的山頂，烏鴉有的已經回巢了；但是他們的問題呢，還是在解決不解決之間。雲蘿姑娘站了起來說：「凌弟！我告訴你，你從此以後不要再想這個問題，好好地唸書作稿，不要想你怯弱的雲姊，我們永遠維持我們的友誼吧！……」

「哼！也只好這樣吧。——姊姊妳放心呵，弟弟準聽妳的話好了！」

他們從那山洞出來，慢慢地走出園去。晚霞已佈滿西方的天，反映在河裡，波流上發出各種的彩色來。

那河邊的警察已經換班了，這一個比上午那一個身體更高大些，不時拿著眼瞟著他們。意思說：「這一對不懂事的人兒，你們將流連到什麼時候呢！

雲蘿姑娘似乎很畏懼人們尖利的眼光。她忙忙走出園門坐上車子回去，凌俊也就回到他自己家裡去。

雲蘿姑娘坐在車子上次頭看見凌俊所乘的電車已開遠，她深深地吐了一口氣，心裡頓覺得十分空虛，她想到一個人生活在世界上只有靈魂不能和身體分離，同時感情也不能和靈魂分離，那麼緘情向荒丘又怎麼做得到呢！但是要維持感情又不是單獨維持感情所能維持得了的呵！唉！空虛的心房中，陡然又生出糾紛離亂的恐怖，她簡直彷彿喝多了酒醉了，只覺得眼前一切都是模糊的。不久到了家門才似乎從夢中醒來，禁不住又是一陣悵惘！

這時候晚飯已擺在桌上，家裡的人都等著雲蘿來吃飯。她躲在屋裡，擦乾了眼淚，強作歡笑地，陪著大家吃了半碗飯。她為避免別人的打攪，託說頭痛要睡。她獨自走到屋裡，放下窗幔，關好門，怔怔坐在書案前，對著凌俊的照片發怔。這時候，窗外吹著虎吼的秋風，藤蔓上的殘葉，打在窗櫺上，響聲瑟瑟，無處不充滿著淒涼的氣氛。

雲蘿姑娘在秋風槃慄聲裡，噓著氣，熱淚沾濕了衣襟。把凌俊給她的信，一封一封看過。每封信裡，都彷彿充溢著熱烈醇美的酒精，使她興奮，使她迷醉，但是不幸……當她從迷醉醒來後，她依然是空虛的，並且她算定永久是空虛的。她現在心頭雖已有凌俊的純情占據住了，但是她自己很明白，她沒有堅實的壁壘足以防禦敵人的侵襲，她也沒有柔絲韌繩可以永遠捆住這不可捉摸的純情……她也很想解脫，幾次努力鎮定紛亂的心，但是不可醫治的煩悶之菌，好像已散布在每一條血管中，每一個細胞中，釀成黯愁的絕大勢力。雲蘿想到無聊賴的時候，從案頭拿起一本小說來看，一行一行地看下去。但是可憐哪裡有一點半點印象呢，她簡直不知道這一行一行是說的什麼，只有一兩個字如「不幸」或「煩悶」，她不但看得清楚，而且記得極明白，並且由這幾個字裡，聯想到許許多多她自己的不幸和煩悶。她把書依然放下，到床上蒙起被來，想到睡眠中暫且忘記了她的煩悶。

不久，雲蘿姑娘已睡著了。但是更夫打著三更的時候，她又由夢中醒來，睜開眼四面一望，人跡不見，聲息全無，只有窗幔的空隙處透進一線冷冷的月光，照著靜立壁間的書櫥，和書櫥上面放著的古磁花瓶，裡邊插著兩三株開殘的白菊，映著慘淡的月光益覺瘦影支離。

雲蘿看了看殘菊瘦影，禁不住一股淒情，滿填胸臆。悄悄披衣下床，輕輕掀開窗幔，陡見空庭月色如瀉水銀，天際疏星漾映。但是大地如死般的沉寂，便是窗根下的鳴蛩也都寂靜無聲，宇宙真太空虛了。她支頤怔頹坐案旁，往事如煙雲般，依稀展露眼前。在她回憶時，彷彿酣夢初醒，——她深深地記得她曾演過人間的各種戲劇，充過種種的角色，嘗過悲歡離合的滋味。但是現在呢，依然恢復了原狀，度著飄零落寞的生活，世界上的事情真是比幻夢還要無憑……

她想到這裡忽見月光從書櫥那邊移向書案這邊來了。書案上凌俊的照片，顯然地站在那裡。她這時全身的血脈似乎興奮得將要衝破血管，兩頰覺得滾沸似的發熱。「唉！真太愚蠢呵！」她悄悄自嘆了。她想她自己的行徑真有些像才出了繭子的蠶蛾，又向火上飛投，這真使得她傷心而且羞愧。她怔怔思量了許久，心頭茫然無主，好像自己站在十字路口，前後左右都是漆黑，看不見前途，只有站著，任恐怖與徬徨的侵襲。

這時月光已西斜了，東方已經發亮，雲蘿姑娘，依然掙扎著如行尸般走向人間去。但是她此時確已明白人間的一切都是虛幻。她決定從此沉默著，向死的路上走去。她否認一切，就是凌俊對她十分純摯的愛戀，也似乎不足使她灰冷的心波動。

從這一天起，她也不給凌俊寫信。凌俊的信來時，雖然是充溢著熱情，但她看了只是漠然。

有一天下午，她從公事房回家，天氣非常明朗，馬路旁的柳枝靜靜地垂著，空氣十分清和。她無意中走到公園門口停住了，園裡的花香一陣陣從風裡吹過來，青年的男女一對對在排列著的柏樹蔭下低語漫步。這些和諧的美景，都帶著極強烈的誘惑力。雲蘿也不知不覺走進去了。她獨自沿著河堤，慢慢地走著。只見水裡的游魚一隊隊地浮著泳著，殘荷的餘香，不時由微風中吹來。她在河旁的假山石旁坐下了，心頭彷彿有什麼東西壓著，又彷彿初斷乳的幼兒，滿心充滿著不可言說的戀念和悲怨。她想努力地鎮定吧，可恨她理智的寶劍，漸漸地鈍滯了，不可制的情感之流，大肆攻侵，全身如被燃似的焦灼得說不出話來。於是她毫不思索地打電話給凌俊，叫他立刻到公園來。當她掛上電話機時，似乎有些羞愧，又似乎後悔不應當叫他。但是她忙忙走到和凌俊約定相會的荷池旁，不住眼盯著門口，急切地盼望看見凌俊傲岸的身體，……全神經都在搏搏地跳動，喉頭似乎塞著棉絮，呼吸都不能調勻，最後她低下頭悄悄地流著眼淚。

電子書購買

國家圖書館出版品預行編目資料

一個著作家：寫盡女子對情愛與自由的追求，
盧隱短篇小說集 / 盧隱 著 . -- 第一版 . -- 臺北市
: 崧燁文化事業有限公司 , 2023.07
面； 公分
POD 版
ISBN 978-626-357-443-4(平裝)
857.63 112008813

一個著作家：寫盡女子對情愛與自由的追求，盧隱短篇小說集

臉書

作　　者：盧隱
發 行 人：黃振庭
出 版 者：崧燁文化事業有限公司
發 行 者：崧燁文化事業有限公司
E-mail：sonbookservice@gmail.com
粉 絲 頁：https://www.facebook.com/sonbookss/
網　　址：https://sonbook.net/
地　　址：台北市中正區重慶南路一段六十一號八樓 815 室
Rm. 815, 8F., No.61, Sec. 1, Chongqing S. Rd., Zhongzheng Dist., Taipei City 100, Taiwan
電　　話：(02) 2370-3310　　傳　　真：(02) 2388-1990
印　　刷：京峯數位服務有限公司
律師顧問：廣華律師事務所 張珮琦律師

定　　價：270 元
發行日期：2023 年 07 月第一版
◎本書以 POD 印製
Design Assets from Freepik.com